宋·唐士耻 撰

靈岩集

中国书店

詳校官編修臣温汝适

臣紀昀覆勘

欽定四庫全書　　集部四

提要　　別集類三　南宋

靈巖集八卷

臣等謹案靈巖集八卷宋唐士耻撰士耻爵里始末諸書不載按金華志有靈巖山山有靈巖寺為梁劉孝標故宅其集以靈巖為名與山相合集中有兩溪詩據志即金華之瀫溪也則士耻當為金華人集中又有府判何

公行狀一首府判名松字伯固即金華何基之大父士耻之母為松女弟士耻又為松壻亦世籍金華之徵矣考金華諸唐自堯封首登紹興二年進士累官直龍圖閣朝散大夫子饒州教授仲溫樂平主簿仲義及知台州仲友並紹興中進士仲友復中宏詞科仲友三子名士俊士特士濟亦與何為姻婭見朱子案仲友第三狀集中通吉守史彌忠啟云

大父朝蹟之累年嘗在王國履簪之列先世
符麾之昔日又聯金昆羈靮之遊上聯似指
堯封爲朝散時言下聯似指仲友知台州時
言核其世系殆堯封之諸孫仲友之猶子特
其或爲仲温之子或爲仲義之子則不可得
而詳耳其官階可考者集中有謝許南丞薦
舉啟云僅以門調玷于士流又啟云曩緣芘
蔭常領簿書通羅守啓云韋絲邑屬讞獄掾

曹又有交代張司理一啓其他簡牘率云胄縮理曹典司五聽知士恥以門叙入仕薦充改秩嘗任丞倅問刑之官其宦迹可考者曰吉州曰臨江曰建昌曰萬安知歷官皆在江右諸郡其文字紀年可考者上自嘉定下至淳祐知爲寧宗理宗時人其他則集無明文莫得而稽矣集中制誥等作絶無除授姓名即表檄箴銘贊頌諸篇亦皆擬作其題自羲

軒以至漢唐閒取北宋八朝與南渡初年時
事考高宗立詞科凡十二題制誥表露布
檄箴銘記贊頌序內襍出六題分為三場每
場體制一古一今士恥所作蓋即備詞科之
用也仲友曾著詞科襍録其亦家學濡染世
擅其長歟集久失傳非惟史不著録即志乘
亦不登其姓名故談藝諸家率不之及今從
永樂大典內采輯次為八卷并其代人之作

以類附焉循誦其文洽聞殫見古澤斑然非

南宋末流操臆見騁空談者所能望其涯涘

未可以其名不著而忽之也乾隆四十五年

四月恭校上

總纂官臣紀昀臣陸錫熊臣孫士毅

總校官臣陸費墀

欽定四庫全書

靈巖集卷一

宋　唐士恥　撰

制

觀文殿學士特進授少保觀文殿大學士充萬壽觀使兼侍讀提舉秘書省制

門下晉左棘以貳公式重內祠之領峻延恩而勸誦更提冊府之綱眷時舊弼之良夙畀文階之長方深資於彌洽宜特示於寵優咨爾在廷聽台作命具官某賦資

偉傑蘊識高明履操端方一出準繩之正見聞淹貫迄
無毫髮之遺蚤由簡知寖即柄用攬天下惟幾之務自
謨明而弼諧懋賢人可大之功每夙興而夜寐方藉謀
猷之告乃崇廉退之方位表羣公職榮邃宇請勉從於
慈逸禮未極於優嘉朕思謹守文必先師古雖羣經具
在粲大法以昭垂然萬變靡常尚隨時而或異乃旁考
百王之史亦洪敷列祖之謨彝之四部之詳庶矣無窮
之應惟論道經邦之素非説河畫餅之虛成台切問之

仁假爾多榮之寵升華寅亮聿新命數之隆冠侍禁嚴
益著精神之聚領壽宮而儀表奉列聖之衣冠與其共
萬幾之繁是則恬一心之養式昭茂渥用廣多聞於戲
皇祐邇英之臣嘗特咨於故老開元集賢之長亦亶命
於舊人尚思殊寵之光益體詳延之意可特授

端明殿學士提舉江州太平興國宮授昭慶軍
節度使知襄陽府京西南路安撫使制

門下建六纛以宣威允謂詩書之將總十連而作牧式

憑畿甸之封眷時秘殿之英久詔真祠之禄兹籌邉寄用屬仁人播告治朝亶孚羣聽具官某學為有用姿擅不羣錯節盤根惟若新硎之發輕車熟路曾何駿足之留曩從甘泉繼翔琳館職號清閒之燕人思獻納之忠脫畧事為久焉均佚屈盤謀畧深用惜才維兹襄漢之區實迺疆鄀之境匝賜履撫綏之地振輕裘容與之風久艱其人實遴于選乃開方面用釋恬居練穀旦以登壇指苕溪而錫鉞朱輪畫戟日凝燕寢之香綵節碧幢

霜凜元戎之乘式副兵民之寄共觀師帥之賢於戲方
當靈臺偃伯之時散牛馬而櫜弓矢應念峴首懷人之
德安邊境而立功名

光山軍承宣使樞密副都承旨授寧武軍節度
使領閤門事兼客省四方館事提舉皇城司制
門下建旌旄而制閫式彰上閤之隆備次邸以肅賓併
總周廬之重爰命蕃宣之寄久將宥密之言肆惟顯績
之褒庸茂殊榮之寵我有涣號人其樂聞具官某允號

智囊恪持勁節精明莫及能俱畫於方圓動作有常殆不渝於尺寸蚤登名於勇爵既騰譽於壯年周旋奔奏之勞密勿樞機之命朕飭賓儀而增勢重禁旅以分權視書館以儲才九重辰共均殿巖而設徼萬雉天臨外嚴臚邸之修內肅交闈之候是皆立政之所急亶其圖任之實難思得勇敢行義之人以兼先後禦侮之寄載酬英望用壯本朝緜固始以承流指閫中而出節新大纛高牙之建式蕆軍容為九賓千列之光益嚴國體以

彰蕃錫以表精忠於戲漢謁者之亞二臺蓋恪司於嚴
陛周宮正之比八次實祇戒於重門尚思畀付之不輕
益勵肅共而無射
朝奉大夫給事中特授武康軍節度使簽書樞
密院事制
門下授齋鉞以總戎爰秉六旄之重陟機庭而經武既
聯兩地之崇睠惟青瑣之才猷佇倚紫樞之績效用假
登壇之寵肆開專面之儀誕告治朝亶孚羣聽具官某

宏才剸劇厚德鎮浮不剛不柔坐致中和之福允文允武具全左右之宜頃居封駮之司存綽有飛騰之聲實茲遴心腹之選歷觀筆橐之班疇若可庸乃其有濟顧合登于廊廟爰晉處于機衡維今本兵之司儗漢太尉之列自唐代胚胎於名號至我朝備具於亞承元魁差一相之尊列屬亦貳公之重蓋房謀必俟如晦而決且裨創是基子產之成譬諸同濟之舟儼若相須之輔原與國簽書之制故事昭然比天禧留後之兼新榮侈甚

肆出苕溪之節具頒英蕩之華假武臣傑特之儀壯右
地雄深之畧勉思異寵益展嘉猷於戲五大在庭爾既
聯華於近輔七命賜國爾其專賞於干旌茂對寵光罙
殫忠力

龍圖閣直學士通直郎提舉佑神觀兼侍讀授
昭慶軍節度使鎮江府駐劄御前諸軍都統制

門下錫齋鉞以登壇爰易儀於武棨護將屯而列戍用
恢畧於和門睠時延閣之英亟著通儒之望輟帝幙橫

經之粹釋琳宫詒祿之優亶雄建於節旄肆寵綏於戎
旅渙揚大號孚告庶工具官棊策畧敏明器資淵諳擅
晉室謝安之藴施無不宜負漢廷賈誼之才學為有用
維早都於閫望乃深簡於眷知且西清列閣之嚴既冠
從臣之著而北門入說之重每須大道之陳優游京邑
之珍臺恬養冲襟之素禀式方哀於危運宜無怠於帝
謨時維細栁之屯有在南徐之地煙青萬竈人飽習於
黃間風靜五旗令自嚴於青幙思得有勇知義之士以

偹折衝禦侮之方是用轂自禁廷易之右列出茗水遥班之節壯元戎先啟之行粤在咸平若水曾移于并野稽之慶歷韓琦首授於秦邦僅易廉車未隆明命玆焕白麻之寵將觀素學之施於戲越從南渡以來方啟偹江之戍爰洎嗣興而後嘗掄舊將之門儻斂佩無間於兩塗則彝鼎俱傳於萬世

太尉昭慶軍節度使授開府儀同三司鎮東軍節度使制

門下叅揆路之班聯鼎新命紱尋將壇而告戒晉易節旄睠予尉府之雄夙護元戎之重兹焉進律儗以上公是為右列之榮亶布明廷之著具官某山西勁氣婁北英躔忠根厥心義方于外在山猛虎邊徼懾乎威聲當道老羆草木知其風槩七縱七禽曽莫可為之敵百戰百勝幾無以書其功錯節屢更一心無撓漢鉞唐旌之夙秉呂韜黄畧之無加陟此上卿冠于右序閱星霜之既久藹譽望以益隆是用畀乎弁袞之流超厥儀華之

錫九命加賜卷蓋高儗於面槐三台爲天階亦仰符於拱極上吳興之故綬出越絕之新麾往服異榮日宣令聞於戲鄧騭創東都之典朕既殊顧遇之恩子儀久中令之班爾必厲恂忱之德前修可跂嗣寵何疑

鎮南軍節度使提舉江州太平興國宮授太尉

鎮南靖江軍節度使充醴泉觀使制

門下升尉府之華爰比崇於兩地疊將壇之拜用增壯於六旌晉使領於殊庭奉班朝於禁里渙揚典冊孚告

臣工具官其才紹三明智高七縱稟山西之勁氣援桴
每念於忘身應婁北之英躔決勝有如於破的勳屢藏
於盟府勇獨冠於和門公朝五使之階爾既躋於穹品
版圖列等之鎮爾既度於常邦載咨均佚之優尚起念
功之切儻各褒嘉之意曷殫忠力之酬是用一開久曠
之儀兩錫非常之寵惟烈祖肇新於勇爵漢公乃長於
武階雖藩方卓建於高牙唐典或兼於賜鉞仍領豫章
之纛更班桂管之麾啟冠號於琳宮為顯榮於弁列以

疏異渥以重神京於戲自右而視左班此凝政鈞之隆
貌因前而增後節此光制閫之舊儀益體朕心不忘予
眷

少師昭慶軍節度使授太傅鎮東軍節度使制

門下巍然公傅之崇跨班聯而峻陟魁若節旄之易新
旌鉞以具頒睠予寅亮之賢久亞範模之任升華一列
加律巨藩用明顧遇之恩誕告縉紳之著具官某詩書
耆耋仁義襟懷華髮元龜綿國壽於箕翼細旃廣厦新

帝典於勛華屢迪謀謨愈隆聞望次三槐之論道卓冠
孤卿先十乘以從戎夙開將幙歲不同而月異德彌劭
以年高且優游暇裕以自修益切磋琢磨而弗置屬予
誥歎念爾難能官不備惟其人於今則可後所是著為
令有典常新超周邦召保之居膺漢室卓公之任上吳
興之錫綬護越絕以殿邦兩隆斂佩之儀高在疑丞之
表往膺異渥罙顯令猷於戲三夏享元侯朕既益隆於
禮貌九命加賜眷爾其尚勉於進修儻位極於羣臣亦

君都於顯號

皇叔授光山軍節度使同知大宗正制

門下峻將壇而出節望式重於維城申王社以苴茅任載叅於糾族有嘉季父夙翰皇家咨舊績於藩宣錫新榮而董正渙敭丕號孚告庶工具官某懿毛畢之昭視間平之履身端行治自規圓而矩方學富問充若珠輝而壁潤屬承流於龍水益騰譽於金枝動惟法度之遵蔚爾親賢之望朕酌成模於祖憲念歸報於文孫維景

祐之設官思同倡於九族曁熙寧之報本益有嚴於大
宗如麟趾以親親畫涇陽而世世茲恪遵於故事俾並
對於寵光漢綬金佗爵遂超于庶姓周宗瓜瓞德有表
於諸姬顧特重於委延庸寀增於榮遇專制維城之閫
一新大纛之儀匪台爾私若古有訓於戲觀市垣二星
之象朕唯謹於法天考本朝同姓之王爾尤光於襲爵
往毋忘於標的庶永賴於維持
皇叔祖光山軍承宣使提舉江州太平鎮興國

宮授昭慶軍節度使封安定郡王同知大宗正

事制

門下百世不遷之宗肆龔開於王社十乘啟行之旆爰申正於族盟迺睠宗藩最稱德齒式合追崇之典爰疏疊用之恩誕告外廷亶孚羣聽具官某温良毓質肅哲禔身儼若成規不越準繩之外鏘然遠韻自諧律吕之和曩宣化於浮光益騰徽於令譽姑詔外祠之禄曲從恬養之私朕嗣守丕圖緬懷大業服藝祖開基之烈垂

之萬年原熙寧襲封之䂓凛若一轍用疇同屬弗替宏
模光映佗章畫涇陽而啟宇風生蘭帟聽族夏以保和
雄我宗藩介之錫命指苕溪而出節練轂旦以登壇油
戟前驅如授漢廷之鉞干旋顓賞有光唐將之牙以壯
維城以隆繼世於戲爾從見於清廟有翼不祧爾待祠
於陽郊式嚴升侑儻無忝於文祖庶以强於周家

誥

秘書監除中書舍人誥

勅朕恪承祖武庸謹政原維元豐六典之修備李唐兩掖之建萬幾可否太宰詔王內史又詔王列職顯榮三公曰府九卿亦曰府別掌紫微之誥他如青瑣之郎每難其人疇若予選具官某君子温其如玉大雅卓爾不羣兼文學政事之科蔚為殫見中規矩準繩之度允謂端人夙儀則於清流久踐揚于華貫藹乎譽望簡在眷知曩魁秘館之英實表儲才之地弱水三萬里從容丈室之仙冠者五六人涵泳石渠之澤粲壁府星辰之象

舒木天日月之光兩兼清要之榮肆茂晉遷之寵翻階紅藥喜霑雨露之新起草黄麻聳聽風雷之厲儻朕命若絲綸之出則汝才式喉舌之宜

大同軍節度使提舉佑神觀除宣徽南院使誥

勑亞樞府以疏榮式侍燕閒之地面使華而作冠聿新希濶之儀服其名當知承休將美之隆異其寵何必膺任畀權之重輟汝殊庭之奉陪台清禁之游具官某肅若禔躬凛然行義積糾旅董戎之效彰譽處於和門秉

捐軀報主之忠著勤勞於弁列闢台淵慮為國藎臣雖
高牙大纛之榮既出雲中之節而閒館珍臺之佚還為
轂下之游乃未快于公言庸肆開於殊渥有居近密庬
職宣揚維後唐剏號以來若開寶兼官之重顧累朝用
為成憲在儒臣尚謂曠恩遠追元祐復置之明曼為令
日特異之寵益思朕眷永肩汝心
禮部侍郎除右散騎常侍誥
勑貳曹雖春官之最清要亦為具員吏掖省獨右貂之

久闕欲以待非常人睠時獻納之英寀著操修之粹與
其助宗伯而舉明備之典孰若邇朕躬而加切磋之功
庸新最密之聯期獲相觀之善具官某詩書襟度仁義
步趨本乎冲遠之姿加以淵源之學肅雍四體超然大
雅之不羣酬酢萬為湛若中扃之止水蚕膺簡遇寖陟
華塗左右夷宗既恪修於天秩周旋夔奏又迄致於人
和高振名流綽有令譽朕念守文之不易欲求助已而
未遑茍獨學必至於寡聞且輔仁莫先於會友思近日

新之德共成時敏之功是用輟從禮樂之司責以琢磨之義矧情文素接識前王易簡之心庶斆學相資闡異日中和之教尚勉修於厥職期有益於朕躬可特授

吏部尚書除參知政事誥

勑朕思謹萬幾任隆一相欲左右格天之業必高明識務之才資其佐貳之能助此經綸之志疇咨卿列擢與政鈞具官某温其如玉之姿卓爾不羣之操居多錯節庖丁之刃若新孔震巨撞大呂之律不替蚤上鵷行之

地寖開鵬翮之霄權衡天下之人才紬繹胸中之國論能其小必能其大思之熟宜思之深用以彌縫造命之基庶亦攄發通今之學原藝祖設官之意豈惟分趙晉之權服太宗立賢之方適以養覘準之望尚益殫於志力期大用以登庸

給事中除翰林學士誥

勅朕思近忠嘉用裨政理雖羣英在列每殫獻納之勤然一意會神莫如禁密之地蓋金炬尚容於卜夜而玉

堂無過於代言事稀則心自優分切則情不隔當有從容之論裨於寡昧之思必也擇人庶乎獲助具官某學周經濟德禀温純粹然瑚璉之姿叶以詩書之習徧更中外深著勤勞頃登青瑣之司蔚在紫荷之列外以彌綸於命令入焉罄竭於忠誠積有歲時是應褒擢加諸省掖實在内廷前席賈生朕亦何翅於饑渴北門陸贄爾其具數於腹心是將觀輔佐之才庶共底帝王之績

禮部侍郎除翰林學士誥

勅朕疇咨賢路思近正人維北門典策之官得南省詩書之彦庶以啟沃朕心之容亦將發攄爾學之淵豈徒言語文字之間要亦疑丞輔弼之次具官某儒學望士俊選名流矧裴回閥閲之深且淹貫綱常之大禮樂殆非凡職實佐正卿典章固異他塗況居近列蔚若論思之譽闕予簡注之衷且陸贄膺唐帝之知志惟忠赤易簡被太宗之眷名在汗青蓋百僚莫切於是司宜多士每欣於斯地殆亦六幕戚休之係兼一人非是之分其

殫乃心毋負朕意

龍圖閣直學士中大夫提舉江州太平興國宮

除端明殿學士提舉佑神觀兼侍讀同修國史

誥

勑朕率先惟謹學古是勤念中興三聖之規方圖約史而仰考百王之範頻御邇英思我俊髦叶于講繹改畀内祠之禄特輸秘殿之榮表在禁塗成此遜志具官某識宏以達學博而明足温純深潤之辭可以揚無前之

偉績得厭飫優柔之理每能告多識之嘉謨頃躡夷庚
倫殫誠悃俄養恬於犧祝姑亞職於河圖有惕朕懷未
究爾用矧堯舜相承之典加之神禹之謨且經史不同
之言折之皇祖之訓萬世所仰眇躬是資益期二者之
交修當究一心而無蘊比之聽履上星辰之峻孰若納
牖增日月之明與其簪筆效朝夕之思寧如執簡鋪聖
神之美優祥源之琳館與宿直於玉堂超職西廂升華
北殿懋迺講明之道宏予筆削之功往服殊休嗣班異

渥

朝奉大夫權知婺州除華文閣待制兼侍講兼

祕書監誥

勑祕書以省名崇儒也其長曰監昔所咨焉今以寵爾往敬朕命是為册府有貳有丞有郎著作之庭校讎之部麟鳳集奎壁爛悉爾之屬固爾業履悉使聽順朕緊爾嘉然監之列下漢卿一等華文有閣祖訓是嚴命所論思四松有典閒暇之須從容乎經帷帝幙之內上發

勛華之道周孔之思而斟酌乎祖道藏焉息焉遊焉出
乎四部七畧厥掌不凡足為儒者之光爾來自名郡政
務稔矣則必肅而通通而不紊朕實期爾勉之哉

左千牛衛大將軍婺州觀察使親衛大夫主管
江州太平興國宫授監門衛大將軍湖州觀察
使樞密副都承旨知閤門事主管皇城司誥

勑我朝設官名實相叶西樞之傳命朱閣之相儀與夫
重門擊柝之重實為密近朕不輕畀令爻命爾爾其勉

哉有掌甚奥宜其削去常階正廉車之任而升環尹之
華以重爾選傳命則肅且給相儀則無不協萬雉之嚴
又屹其九天之上八屯無譁則所以明陟者斯不濫矣
察訪之列視文臣之論思階政未去則瞠若也玆焉真
畀厥禮匪輕往思爾職毋替朕命

權吏部尚書落權字誥

勅朕恪繩祖武庸厲官修重名器而為之方明差次以
漸其進維元祐制六官之長不為一等之文若西都守

京兆之卿未即真居之秩俟其積閱被以寵光具官某
學博以才通器周而用利盤根錯節曾何頓及之難大
呂黃鍾每見聞聲之肆歷更中外累著勤勞頃試天官
實持銓柄心如止水物無遁形朝夕論思莫匪忠嘉之
道羽儀禁從亶為偉特之姿用進律以仍居益因能而
專任升華而冠筆槖秉公以涖權衡首漢廷九列之嚴
表周家六典之重期殫獻納益罄謀謨
誥

誡諭守令勸學詔

勅門下朕永惟事統祈進民心迪烈祖之宏模蒞橋門而首善師禮恪修於先聖俾知崇儒重道之方古文爰發於上庠以暢尊經務學之化矧是一時之異渥又惟創見於前聞豈徒聲音笑貌之為蓋急漸摩涵養之倡至於出日罔不承風載惟國家積累之基每切郡縣布宣之意儒範必資於名俊學宫徧逮於遐陬雖其百里之微亦罔一毫之間尚慮未明於深旨儻焉有忽於彛

章或室宇庳陋而無更造之心或生徒寂寥而蔑詳延之禮弦歌俎豆漫隨没於草萊期會簿書第殫勞於鹽米吏苟若此朕何望焉繼自今毋貳爾心勿替厥德以教養表率為大務以因循苟簡為深尤勉思風厲之方我有褒嘉之典其或罔悛前失曲護昨非青衿儻轉而上聞丹筆難從於末減邦刑無赦汝悔何追更賴持節觀風之臣察幾固愚方命之輩故兹詔示想宜知悉

誡諭監司守令務息盜賊詔

勅門下朕聞民生有性稟之於天未嘗不善然盜賊之興時乃間見何哉蓋衣食之迫切饑寒之交至恒心豈能終存拊安田里非監司太守與夫縣令之職乎一同千里十連之衆苟吾有以全安之則潢池之盜誰其忍之哉朕殫竭此心每願膏澤之而九重之遠何啻萬里捍焉其難浹也輕爾繇賦薄爾征取去其盜竊息其訟爭一事有底而民之被夫德者深矣從此有陟厲此有罰朕必行之爾其毋忽各宣爾力勿廢朕言故茲詔示

想宜知悉

求遺書詔

勑門下朕右文稽古執道御令惟造字畫卦以來實繁載籍至開元集賢之目有光前人惜其罹煬之踵生乃爾焚散之殆盡惟我宋聖神之繼作每隨時繕冊之肆求洎文風日盛於八紘蓋書府歲增於四部亶中興既從而復古在冲人盍務於搜遺若孔壁奇文之藏或汲冢紀年之秘格之常典斯謂异聞至於九鼎之形模殆

亦六經之鼓吹庶有補於稽監時亦備於討論罔閒幽微悉思包括四海博雅之士六幕淹該之人毋惟私藏副我誠意其為賞募則具科條故茲詔諭想宜知悉

戒令文臣侍從以上武臣管軍都統制各舉將才不問親屬詔

勅門下朕嘗聞惟蕭何知韓信之賢惟鄧禹識寇恂之彦凡茲兩漢之興實出二臣之力惟謝安石不遺於近戚惟范仲淹一洗於罪夷蔚為在昔之良規抑亦當今

之善監蓋可用者要為難得而灼知者必務兼收朕念無平不陂之艱務思患豫防之實顧士卒既從於和叶然統臨尤藉於梟雄惟賢知賢以類求類凡我甘泉之法從及夫鶡弁之魁才其殫乃心毋負朕志昔皋謨每嘆其難事而宣尼嘗勉於爾知必陳選擇之方用作蒐求之據或善御衆而多多益辦或足智術而凛凛莫干得人心則如冬日之溫能出令則若秋霜之肅下至搴旗之勇悉歸舉目之綱雖武皇泛駕之云包含亦至抑

祁老舉親之善疑隙何生庶終得於真才用肆開於賢路故兹明諭想宜知悉

戒令監司守臣條具州縣民間利病詔

勅門下朕以眇躬托于士民之上眷惟萬緒極彼閭閻之間不見是圖無遠弗届思欲輕徭薄賦息訟省刑民俗知向而俊乂衆多吏道永清而廉隅振舉文武有並用之術上下無不通之情旁逮百為悉歸至當庶底三登之樂大開億世之基顧端居九重之深盡周知四海

之廣為究庶邦之正以參一道之中凡爾賜履持節之臣洎于剖竹專城之守耳目所熟接念慮之素經或拘於成法而未適其變通或隔於隱卹而莫為之道達凡保衆安邦之術洎立經陳紀之方閭閻細微悉歸搜討朕將闡大公之路開衆正之門先民有言詢于芻蕘況秉六條之詔皇極之稽謀及士庶矧膺千里之權其殫乃心以輔台志故茲詔示想宜知悉

誡諭中外之臣毋私薦舉詔

勑門下朕惟九州四海之廣庶員列職之繁凡升沉進退之攸分必能否賢愚之皆當極彼萬緒疚予一心在昔前王獨繇府署顧末流不勝其弊至國朝遂析其權天官特守法之司命秩視薦員之數若乃升名通籍脫選侍郎必先部使者之鶚書以及羣太守之剡奏至京師具僚之外亦長官歲舉之稽行之有年通乃不倦矧若中人之嗜利至於私謁之成風嘗憫積勞特恢數路彼李唐進士之試有蒼姬里選之風維多覔舉之姦爰

朔糊名之制施之既久咸謂至平然事揚非比於言揚人弊豈關于法弊恒予中慮寓此明綸凡汝輔弼侍從之臣膺朕心膂耳目之選莫匪探誠而深倚豈應小節之末公安世不謝之心祁老舉仇之事極于中外一以準繩至於視察從違修明倡率愈謹正邪之辨兼特賞罰之方朕必勉為汝毋後悔故兹詔示想宜知悉

欽定四庫全書

靈巖集卷二

宋 唐士耻 撰

表

瑞慶節賀表

衍十二葉之休慶乾坤而震育永億萬年之命壽箕翼以天長時協令辰歡均率土恭惟皇帝陛下祥鍾九祜德冠百王接堯舜禹之傳更成湯之親受兼天地人之大實鉅聖之間生茂對昌期仍躋極治五百里夷五百

里蔡將壹歸仁壽之區八千歲春八千歲秋殆莫比靈
長之歷臣叨分符寄莫與髙呼想麗日御雲若仁祖稱
觴之旦惟泰山神鼎陋廣成修已之年

賀冬至表

新甲子之歷載兆陽和占斗牛之躔既更日度無窮福
履四溢寰區恭惟皇帝陛下育物對時與天合徳神惟
不測自然一氣之循周心本好生尤重初爻之來復土
圭景測玉琯灰通登靈臺以書莫匪太平之象吹黃鍾

之律灼知有道之朝臣一障叨乘三呼莫與分化國之照漸增晉晝之明受圜丘之釐益迓乾亨之長

賀梟斬吳曦表

某月某日伏覩進奏院云云者聖神廣運大振當天妖惡伏辜曾不累月同文胥慶奕廟增嚴恭惟皇帝陛下德合九乾統承千歲如川方至十二葉之靈長猶日正中億萬年之珍貢宜茲叛渙亟焉剪除不煩兵甲之陳大致旃裘之震臣欣聞馘獻莫尾慶聯夜瞻井絡之區

頓明乾度朝誦雞竿之令一正坤維

代真里富貢方物表

葵心北户久懷航海之誠象譯南琛初上職方之奏畢輸誠于螻蟻實慕義于衣冠臣中謝竊以興國恍渤泥之朝嘉其始至祥符偉注輦之貢歎彼未來豈期從古之戴盆忽玷當今之同軌伏念臣每以滄溟之中阻姑為吉蔑之附庸下極熒煌莫記星霜之變斷根膏馥第形賈舶之編既弗登夏王山海之經亦莫與汲冢會同

之觧且西鄰驃國尚効德宗鼓舞之懽而南境闍婆每
續元嘉職貢之敬退念陋邦之蕞爾獨為大節之闕然
臣是敢遥起三呼共馳一介隨貫月乘槎之侣占迎秋
從律之風効牽式啟于旄頭任土仰干於禄幣其德天
合其明日合宜東西南朔之悉歸大秦寶多大宛馬多
想禮樂詩書之甚盛祈殿古人之委賜與榮玉版之詩
書形容駭師古之圖道里續賈耽之志恭惟皇帝陛下
離明繼照乾健統天中國有至仁自然篤近而舉遠小

邦懷其德豈徒厚往而薄來乃至微臣亦知大義法乎
三聖矧更出於親傳令彼四方自式歌于來享其空懷
辰共莫與躬朝嗣屬國之封章自今以始聾陪臣之復
命其教可知

貢土物表

正會休期敢後萬方之集交閭式貢庸昭八熟之祥遥
睇紫宸仰千祿幣恭惟皇帝陛下接千歲之統閲四海
之圖酌祖丕承壹用元豐之名籍深仁薄取既殊大禹

之組纁其益無方時偕行不貴異物民乃足臣叨符江
國效禮職方川浴車盈賴叶氣致千之應銖積寸累見
小人向上之心

代守臣賀改元嘉定表

聖神御極三周再閏之年政治更端四揭一元之號祥
風所布化日以新切以漢文未表於歲時猶改後元之
號武帝欲明於正朔遂標登封之年皆通變以隨時宜
更張而盡飭刓慶元慕文聲之盛而嘉泰著代邸之隆

洎乎開禧揭若日月屬茲解經之旦新乎紀歷之名誕布絲綸徧翔寓縣采詩書之遺訓慕殷周之盛王將見麟之德鳳之輝百嘉順集有如川之增山之壽一德尊臨名與實俱人因天定恭惟皇帝陛下明明在上赫赫當陽四三王之仁茂中興七紀之業五泰元之筴迓升平再登之年茲革故而鼎新蓋泰來而否往書標嗣歲爰冠美名臣圭壁叨分風雷竦聽斗標初指覺星宿之倍明日御欽承洎子男而如一

代安定郡王以下賀宗學落成表

教被宗枝創建親師之宇事勤工正迄新邃業之宮九廟增嚴八方仰德竊以小侯立學僅成戚畹之良資二館育材未淑潢流之遠派歷選前王之故莫如我后之朝繄人有生受天一理然教化乃聖所任而仁義非學不充凡自后夔教胄子之餘以及司樂掌成均之後莫急受親之義孰知崇理之方故閒平為豪傑之才而漢唐多宗室之過今茲肇立亶為創聞茲蓋伏遇皇帝陛

下道際三王仁先九族雖大禹卑宫之儉每切讙讙然
周家以宗之强獨惟汲汲識順養為家人之要知菁莪
乃麟趾之基謂金枝玉葉追琢之是先而烏革翬飛鳩
僝之當急兹訓百孫之屬俾知六藉之依齊家乃治國
之先灼知原委修道實正心之要首及本支臣等忝居
託附之親實被生成之澤迪師友相先之效期盡為君
子之歸全天地不及之功將廣沐聖人之化

代婺州守臣進甘露圖表

臣某言盛德昭天允格飛甘之露泰和薄海適臨須女之區敢因繪事之成用贊史臣之紀竊以唐官品瑞蓋齊等于卿雲漢世標年亦聯華于威鳳足以表升平之協應故每為前牒之特書維吾皇臨御以來多至治休嘉之獲不祧祖廟嘗瞻三秀之芝切近日織且見屢成之璽雖為叶氣未極偉聞尚由動植之微盡顯覆臨之感獨此至味敵醴泉之美晶華占夏書之長被草木以生輝駭觀瞻之創見敢藉丹青之毫末用橅萬一之形

容庶闕斧扆之嚴小借前旒之啓恭惟皇帝陛下紀元四號授筴六禋湛恩洋溢于八隅深仁厚澤洪覆歡歆于一德異瑞殊祥宜其有道之符著在無虞之世臣適當假守親覿自天書玉版之端喜姓名之亦預信蘿圖之卜與上下以同流

代守臣謝宣賜嘉定十年統天具注歷表

嘉靖殷邦十見星霜之易承宣漢郡一蒙正朔之加班春恪奉於王春授日必從於卿日竊以洛書協紀一被

周疆舜歷在躬四數禹迹維是當天之統必歸乃聖之
君矧我一王之興將及二星之數念往時之更化既四
閏以標年雖巧歷莫窮殆如川之方至而象魏咸覩又
見月之始和太史之謹攸司靈臺之占厥氣奉天弗後
應序罔差繩繩氣朔之兩全井井歲年之各得旁協九
農之務不聞毫髮之訛下厚庶民之生舉無動作之忒
乃肆班於郡國以式順於陰陽雖在遐陬亦霑隆施茲
蓋伏遇皇帝陛下對時育物以道御民欲設施不背於

慘舒故命官而推步欲惠澤咸周於遐邇故作歷以班
宣致茲王政之占天亦俾侯邦之得序察清臺之課日
月合璧星如連珠分方國之書朔南暨教東漸于海臣
敢不恪遵成度廣訓黎民使作訛成易之方靡有失時
之事俾忠厚鴻龎之賜舉需成物之恩

代翰林學士謝賜唐五臣注文選表

禁直九天方負非才之愧善文衆傳遽叨榮賜之恩示
其斧藻之淵源兼以蟲魚之訓詁竊以漢嘉王景之績

賜以禹貢之圖唐旌大亮之言班之荀悅之紀皆因人而示教使勉學以加思矧蕭梁帝子之英極楚些詞源之邃高艷盡窺於前作殘膏遠丐於後來開元之士五人李善之注一變儻曰雕龍之客爭先文豹之班臣筆札尋常言辭魯鈍誤獲寶宸之眷俾從玉禁之游絕無黃絹之好辭少稱白麻之明命自顧才殊於八斗焉能筆掃於千人惟茲傑製以偉編加以明言而衆見俯矜愚分簡在皇心恭惟皇帝陛下時御元龍曲成萬物念

内制尤多於體裁獨斯文稍具於條疏示以規模迪之
種績臣敢不悉心勉厲仰德高深若杜陵訓子之詩務
加精熟誦曲禮拜君之賜敢後服乘

代中書舍人謝賜金帶表

臣某言伏蒙聖恩賜臣金帶者綸省庸虛方負非才之
愧身章粲爛遽蒙超等之恩深懸小已之私不稱匪頒
之重臣中謝臣竊嘗觀國家御下之法識器服藏禮之
端丕著多儀各為一等惟是致身紅藥之省接武紫荷

之聯雖既與漢庭九列之崇然未兼唐官三品之飾必有非常之睠乃膺特異之頒歷誦前聞備諳故實長春醲賚僅傳開寶之年大筆簡知間見祥符之歲斯謂濶希之典以待英傑之流如臣志之精堅質非渾厚居而强學鑄莫遂於顏淵出以事君礪深慙於傅說濫陪閨彥誤入化鍾鳳沼判花寧有同心之斷彤庭書命終無擲地之聲忽拜誤恩莫安揣分隨班中諫驚改觀於常儀侍省夕郎歎均榮於兩掖靖惟幺麽盡此叨踰茲蓋

伏遇皇帝陛下龍德正中鴻慈溥博歷觀周道獨先馭
幸之恩度越漢皇粗見觧衣之惠每畀儒冠之顧誤深
愚分之憐傑閣肇新昔旣述寶元之榜垂魚僅錫今更
踰李絳之榮臣敢不鏤骨銘恩書紳圖報服而拜賜知
眷逮之殊常束以立朝誓身捐而不顧

代提舉實録院進修孝宗皇帝實録表

臣某等言業紹中興丕赫三登之化道光載嗣聿編九
閏之年鋪張信史之成寀勿嚴宸之覲竊以本書嚴於

大漢蓋祖春秋之規實錄顯於有唐每先紀傳之作剏
上聖重華之盛屬神孫述事之明粲然累牘以成編爛
若有光於邃昔恭惟孝宗皇帝心傳堯道治廣文聲厲
精臨照之初抗意恢張之表法度彰禮樂著初無革故
之勞天地觀日月明自有鼎新之效蒐羅俊乂不拘於
常法修舉刑政振起其大綱仁以撫民而勤恤於至微
義以整兵而必期於可用罷臺之儉無乎不服太阿之
柄久而益神凡金匱石室之祕藏追壁簡科文之未見

屬重明之出治監成憲以欽承旁招副墨之英共探汗
青之粹根本著廷之作網羅私室之遺旁該百度之變
通下逮諸臣之屢效月繫時繫以年繫慶歷數之無窮
特書大書不一書歎形容之莫盡用著不刊之典永貽
罔極之傳茲虔卜以丁辰庸上關於乙覽文從椒掖陋
漢注之無端禮備寶藏與舜華而密映交輝九廟森護
萬靈恭惟皇帝陛下離照當天乾剛御極緑車慶侍昔
已造於精微丹史備書今聿加於潤色致茲鉅典粲在

明時溢文治於聯編有繼東都之盛仰湯孫於奕世愈
揚前烈之光臣等獲際昌期幸窺丕範于萬年而繩武
罙彰紹述之勤作一藝以襲經豈有編摩之力
代右丞相謝賜御書說命中篇表
淵衷遠覽期取監於商書帝藻特頒俾勉希於前哲俯
憖愚分莫稱寵光竊以世祖之頒細書徒風行於勤約
文皇之賜飛白僅意屬於股肱未有探性行於前經示
聖心於俯責事光遂昔道覺後知仰惟商室之繼興無

若高宗之最盛誠通天地發于精祲之交道際乾坤著在便蕃之命矧是中篇之告后尤為異代之良規惟聰明必在於憲天惟治亂每生於庶士謙謹固容於有善豫防當戒於不虞蓋巨賢上智之明謨亦平世持盈之要論維此忠嘉之所屬當由俊傑以能然如臣叨任棟隆包羞鼎養雖累年更歷粗知保治之甚難而一意贊襄每冀竭誠之有補曾謂寶跗之灑俾知前哲之修兹蓋伏遇皇帝陛下離照當天乾剛御極法宮親事曾無

自聖之心肆筆成書大闡不言之教發碩輔進王之簡開小臣趨善之門臣敢不厲志奉承伏膺啓沃光生蔀屋駭奪目於驪珠思濟巨川願悉心於龜鑒

代童子謝祕書省讀書表

臣某言伏蒙聖慈令臣祕書省讀書者稺年觀國慙非早慧之才明綍疏恩俾誦祕藏之簡欲其有造開以多聞臣某仰咸平郘煥之恩洎景德晏殊之澤端我寢昌之旦讀乎未見之書如臣者不善養蒙焉能求益寧有

百藥誦鄙子之博初無甘羅悟不韋之竒曾謂誤恩俾
從藏室遠發中經之奥近窺肆筆之成青裾朝拜於木
公朱錦夕榮於藜照連珍羣玉接釆九鵷恩重孔門將
終保互鄉之往事如東觀蓋上追黄香之游趂凌尾弱
水之蜚優渥過舞雩之詠茲蓋伏遇皇帝陛下與參化
育樂長人材念愚衷蚤慕於簡編故遠慮欲培其芽蘖
致茲瑣薄獲此叨踰臣敢不周覽瑰竒旁蒐隱奥醯鷄
陋見殆未免金根之譏管豹竊窺烏能及朋字之正

露布

擬河北宣撫使平貝州露布

臣彦博等言四海無波共樂漸仁之化一夫不軌空懷負固之心雖三軍之律至勤貳政之臣然六旬之叛不出孤城之守迄絶纖毫之援適彰宗社之靈蓋羣黎爭父母之歸寧小醜遂豕蛇之食用正鯨鯢之戮莫逃斧鉞之誅國家大業無疆重明四葉書同文車同軌恩波匝雨露之滋仁也柔義也剛政理若日星之照曽何狂

卒敢啟亂心本饑年流落之餘旁緣戎旅倚世俗妖訛之謬誑誘羣愚下胥兩協其偽謀本計旁連于鄰地斷浮梁而擅河朔由正旦以嘯狐狸惟天網之難逃乃賊徒之自露倉皇無策狼狽圖全刼庫兵而困守臣僭王號而易正朔致茲叛渙達于聽聞陛下奮發乾剛昭明師律環鼓旗而肆擊屬樓櫓之素堅既築拒闉乃見焚于東火或為内應復中阻于專攻尚稽膾縷之誅用急焦勞之顧謂蕞爾小壘曾閲月之未夷而衮彼邊疆可

頓兵而不戰臣忠懷裴度憤切有苗願膺專閫之權俾効捐軀之分皇皇列纛蔚爲啟乘之光烈烈中權得遂從宜之便謀攻九地誤敵多方設伏西門俾隻輪而不反擣虛南壘信妙筭之無遺既致戮于守陴亦固圍而拒戰衛社忽興于蛇槊倒戈乃出于火牛尚逃遁以求生俄係纍而就死檻車致命正天街九市之誅鶴唳聞風震磧漠八荒之族一寧邊徼四赫皇靈迄無纖粟之虞益固丕衡之業斯皆皇帝陛下深仁無敵至健自强

在齊民疾痛之微悉聞淵慮當邊塞喉衿之要敢緩天誅役不淹時戮惟元醜占騰祥于析木星宿倍明息祲革以櫜弓韥袠自聳臣等無任慶快激切之至謹遣其官奉露布以聞

擬權熙河經畧禽蕃賊首領露布

尚書兵部臣某言屢虔邊徼既成怒臂之無知小效天戈竟破狡謀之三窟蓋違理者神人之共憤而背道者明聖之不容旁驚夷裔之心上釋裕陵之怒國家當天

七葉享祚百年蓋子視于多方亦海涵于萬寓朔南暨乎聲教初無遐邇之分仁義極其漸摩敢緩凶殘之取蠢茲小醜恃彼孱心跳梁躑躅者久之於邑恚忿者衆矣語其最巨斯謂叵容陷我一城仆其魁武募賞嘗聞于先世圖惟敢啟于陰謀輒連平夏之師竟指臨洮之域版築大興于力役干戈擬逞于雄心謂合謀并勢以俱來庶封豕長蛇之薦食然淵謀廟筭之所出知接手就縛之無疑一介朝馳了了目中之敵三單夕起明明

閫外之權左右手知兩將之和赤白旆皆萬人之勇一鼓有同于拉朽四犇盡殪于臨流僑如莫假於游魂盖獲竟從于生獻盡破他酋之胆合騰北闕之章冷風極青海之遥赫日破鬼區之暗且始謀之不合意并舉之難當揣其私心料彼愚見謂寡固不可敵衆詭姦計之萬全然天定亦能勝人奈雄圖之自濟出其不測成此非常斯皆兩宫深仁上格于皇天得道每形于多助不從中制惟責成功先人奪心賴合謀之竟售以少勝衆

喜四塞之盡清下叶雋功詎逃大戮

擬荆南路宣撫使平儂智高露布

臣青等言女側陸梁卒致漢師之討盧循猖獗難逃晉室之誅蠢爾蠻蠆毒兹南紀央央隼旆啓十乘之元戎烈烈牙璋畀萬蹕之突騎亟清嶺表誕布王靈國家子視民編天臨裔服朔南暨乎聲教初無遐邇之分仁義極其漸摩敢緩凶殘之取刈在靈旗之指曾何前敵之留王則負固于一城旋歸受首元昊藉資于累世卒亦

來臣茲馬蜂蠆之失防赫若鷹揚而奮擊醜爾智高之類桀焉交趾之藩偶稽梟獍之烹輙肆螳螂之怒象琛祗貢期借助于中華狼子野心竟不逃于明見竊攘山澤招納逋逃陰含短蜮之姦欲肆長蛇之食譎其衆以焚巢之酷紿吾邊以告糴之虛忽竟下于鬱江乃亟戕于邕管遂張皇于虐燄亦僭擬于尊稱正朔建其僞名官號比之上國偏屬升平之久少忘豫備之修連破堅城痛吾民之塗炭進圍廣府期彼志之滔天賴金湯有

不拔之堅然雷電之無前之掃偕忠殉于非命眇修望而退兵擁子女以讙歸縱火炎而肆暴赫乾剛之奮發奉師律以虔劉六纛風生先斬罔功之將三軍股栗盡輸赴敵之心將奪險以疾趨反戒糧而示緩果昧必爭之地斗臨不測之兵魄喪魂驚遂倉皇而送死旗當鼓接猶跳躑以求生麾精騎以互馳東飛矛而莫逞威如破竹膽落聞風既夜遁于渠魁遂朝清于截海釋囚復業頓還百縣之農桑折馘數功爰及萬人之京觀交震

雕題之俗增明星紀之躔斯皆皇帝陛下默秉廟謨獨
操睿斷念何辜于黔首乃墮兵鋒運無敵之神機亟清
妖祲勝惟一鼓衆不三單屹銅柱于南垂永作地維之
鎮聳葵心于北户愈虔日禱之瞻

擬川峽招安捉賊平王均露布

尚書兵部臣有終等言小校何知遽受羣愚之迫神威
所莅定無大計之稽矧維羸肱決射之徒乃有背上忘
恩之事是之可忍毋乃太荒國家並用剛柔初無吐茹

仁義四漸于六幕賞刑迭出于萬幾況兹効命以祗金
要在秉忠而知禮凡服飾鞬櫜之末洎炙漿飫勞之徵
何足動心乃敢倡亂縱馬轡以售姦計戮主將而成凶
謀奔惶符節之臣創易歲年之號竟屠漢壘亟走劒門
賴天險之難圖阻兵端之將逞屬上聞于事緒爰申命
于鼓旗清壇有助順之師一戰幾顯庸之録邛蜀莫窺
于城壁嘉眉大合于干戈叢然假息于頃時昧若逃魂
于萬死開門僞遁希小剉于銳鋒緣堞竟全姑畧從于

養力離其胥誘靜此氛塵連收再勝之功存達九重之奏數道爭飛于矢石屭然猶事于宴歌炎火一施敵樓隨盡示之生理庶此全功雖饜夫懷悔禍之心奈狡者擊首邱之念竟焚名笴莫效降幡甚雨淋漓顧未遂先登之勇壯夫感慨竟誰為難犯之鋒共知瞬息之危猶冀遷延之福力焉巻戰樂矣烏聲一夜沈沈覺紛拏之頓肅蜀江渺渺知倉卒之弗航竟從醉飽之餘殲作梟獍之伏斯皆皇帝陛下聖神廣御文武兼施萬里鼠偷

竟不逃於明見三單鷙擊終無敵于奇兵迄平井絡之
區益茂蘿圖之業

擬熈河經畧使復洮河露布

尚書兵部臣某言斷匈奴之臂漢家綽有淵謀守四鎮
之城唐帝亦推上策所以殺羌戎之勢使之無侵軼之
虞蓋兵家萬全之圖闕人主九重之畫國家深仁同視
大業無疆英明特起于一時憤觸蠻之未斥經緯乃從
而四畧期遵用于已施念絶交離黨之奇實保大定功

之要雖中國四夷之勢振古則然矧真人同軌之模于
今或未伊焉羌類比此夏疆前世豢以金繒成勲未大
兹地倘能臣妾醜域自平爰命小臣俾攄成筭不壹戰
以使之自擾拊大酋以冀其悉來封疆日闢于召公謀
慮勢均于充國逮幾成于事緒俄小衂于偏裨救敗之
師不可當戰焉既力出疆之任無所制罪也敢逃兵威
大振于鬼區職貢訖惟於人面裴度終平于淮蔡蓋一
定于廟謨段明遂弭于羌戎亦多資于衆力風動遠臨

于青海雷轟自懾于靈旗茲蓋皇帝陛下智勇俱全規摹素定出奇謀于堂上料狂敵于目中推轂明明旗鼓遂從而無敵兵威凜凜心肝爭奉于至尊在臣逃稽緩之誅由下靡遺餘之力

擬兩川招安使平李順露布

尚書兵部臣繼恩等言坤維盜弄何勞蟣虱之誅師律中行即遂創痍之復訖奠蠶魚之國既安參井之疆用寬西顧之憂亟上北門之捷國家鼎來帝運離照鬼區

大一統以同文奄八紘而有截顧維益牧小遠神京然
深仁厚澤之漸摩與時俱化迺曲見私心之反側動衆
以言首謀幸厭于天誅脅附更思于扇亂適持節不知
于撫定致號狐益遂于張皇城壁屢隳官僚踵戮痛吾
赤子何忍墮于銛鋒憤爾綠林敢肆行于虐燄皇帝陛
下赫然出命照若選才推轂惟專事靡容于掣肘釋因
兼用罪惟問于吞舟甚昧愚心敢爭天險屬旗鼓兩明
于將鉞乃聲威大折于妖徒刓東川素倚于金湯益巨

幹豈移于螻蟻棧路何虞于來往王師亦務于驅馳雖凶旅方興若可游魂而假息逮天威一鼓悉皆授首以摧肝雹掃無前風行孰禦破竹實三單之快刈鯨無半瞬之留錦里依然重被吾皇之雨露雞竿肆及盡還昔日之農桑人違黥墨之災罪止渠魁之取雖支黨亦歸于禽獻惟衆心本荷于皇明岷峨還徹底之清星宿有倍常之潤臣叨膺授鉞每誓捐軀曾何三畧之知常愧六韜之學幸賴諸軍畢力羣校協心更由神聖之威獲

致纖毫之效貪天何敢贖罪既多

靈巖集卷三

宋　唐士耻　撰

檄

擬延州問夏國宥州檄

年月朔日延州問夏國宥州曰蓋聞聖主執賞刑之柄烏有所私文告居甲兵之先盡其在我矧君臣之分素定且是否之理甚明姑少紓靈旗之威庶不貽裔服之禍國家當天五葉享祚百年中國有至仁自然篤近而

舉遠小邦懷其德豈徒厚往而薄來唯明主始初之清明在外服奔趨而儼恪夫何一介敢犯多儀固嘗置辨以盡其辭乃爾負義而難於對俾之自反敢此無知虔我邊陲輒形奮臂歷吾詔旨猶覬革心不獨起飾非之辭又妄生歸過之語宜褚衣之輟賜亦正朔之弗班苟有人心當知羞惡豈期狼子反欲鴟張肆長蛇封豕之貪犯細柳棘門之戍莫鮮神人之憤兼興夷夏之師射月夢開奉頭鼠竄尚從含垢未欲洗瘢某叨與左符每

思大義擬効枕戈而待旦亦期決射以贏肱馬革裹尸深慕古人之勇桑弧垂户雅知男子之生激烈懦衷蒐羅英畧畢起報仇之衆共揚問罪之兵然慮傷天地并容之仁姑少忍風雲叱咤之志一興欵語三叩恍辭況旌麾亦在於邊陲勢分蓋形於上下易地而論忘恩者誅苟其堅袵革之强將再蹈前車之覆當命營平之將難稽蠻邸之刑猶未臻迷復之凶庶可緩成師之出投誠儻至洪覆何言

江南西路提點刑獄諭所部檄

年月朔日云云兵革藏於私家夫子謂之非禮刀劍賣而勸稼渤海復為平民簡牘所明規繩可尚且習俗有時未正則訓諭於焉當行敢罄我心少裨爾見維蚩尤之啓兆衆械始基若子産之立言五材並用然人主黷之尚為不可矧庶民藏焉殆未適宜聖有格言戒之在鬬孝之為事夷也不爭耕食鑿飲之餘惟知鼓腹仰事俯育之暇合事學文庶全髮膚勿狥血氣且喜怒實為

難制而暴狠發於無端茍其具之素存必此身之易陷大有干於法度小未免於過尤茍念謹身自應買犢使吾言之不聽當行法以無私然文告之宜先開首科而使免儻翻然知過家無鶴膝之儲則坦若安居人有龜齡之保矧此多虞之起自夫七札之藏覆轍在前後車合戒噬臍莫及蚤計當思皇朝開天覆之仁德政徧雲行之澤何獨自貽於伊戚要當遂覺於昨非父兄子弟相飭以馴良井里親戚永無於災禍各保賦年之永同

躋比屋之封當職宜奉詔條思防民患不顧言辭之無當力祈仁壽之交修勿自蔽於頑嚚以卒歸於羞辱

陝西轉運使諭橫山部落檄

年月朔日陝西轉運使諭橫山部落曰蓋聞民惟從惠必歸明聖之君夏以變夷乃合春秋之義并期二者形之一言國家超振古之邦開無窮之祚厚澤溢於八表滲漉深仁大度極于九垓包容無外昆蟲至於凱懌草木遂其生全矧在歸誠必敷異渥顧禮義積衣冠之習

而賞罰無毫釐之差凡五葉以百年咸四王而六帝赤子舍父母而何往深淵盍魚鱉之所依此理甚明不言可喻橫山番部本從中國偶墮戎疆鼓旗居諸部之先戈盾作萬夫之最用之叛渙惜此驍雄矧役服之尚新亦風聲之未遠當為反旆是乃首邱況諒祚資稟昏狂性情率易淫泆無別殊虧謹重之威庸暗喜讒時有偏私之聽名稱自侈殺戮不辜雖云蕞爾之邦曷事孱焉之主離心自起明見誰先且巴渝亦助於漢師彭濮嘗

從於周后歌舞不替簡册有光維邊備在我以日修藩落於今而歲至與其展用於鋒鏑曷若歸心於帝王金犀即賜於昕廷爵祿永膺於明命名姓與史官之紀子孫為樂土之人舍是不圖又將焉取

熈河蘭會經畧使曉諭西蕃邈川首領鄂特凌古檄

年月朔日熈河蘭會經畧使告西蕃邈川首領曰蓋聞帝王博愛之仁雖重靈旗之指臣子亂常之罪當嚴齊

斧之誅以其素列於外藩姑爾先施於文告宜及幾微之地亟加省察之心國家丕冒普天尊臨截海八方同軌談消烽臥鼓之娛九譯來王極航海梯山之遠維錫祚再周於甲子而致平高軼於五三雖專仁義之修不廢甲兵之備矧在賞刑之際罔差毫髮之微凡曰剛柔曾何吐茹邈川首領夙殫忠向世長戎邦被純績帶金犀每厚鴻臚之賜執干戈衛社稷屢爭靈夏之鋒錫爵有加於汝何負爰自襲承之後忽聞猖獗之端侵軼邊

疆結連鄰醜將肆窺窬之志莫知覆露之恩昔征嘗欲飛揚卒成困迫此已然之明鑒乃自蹈於覆車識者為之寒心義士聞而扼腕盍從一鼓俾就七禽維兩宮奕忠厚以四漸均華夷而同視念玉石俱焚之未免在疾瑕小忍以何傷姑少緩於師徒俾三思於禍咎儻尚知於改易諒不失於拊存事或起於他心頑莫鐫於惡子當自明於丹赤毋久混於薰猶賨融致討於隗囂蓋堅歸漢之志吐蕃助誅於天竺應無背唐之心宜亟厲於

戎昭會大陳於馘獻斃茲叛渙正汝君臣若乃螳怒自矜狼貪思逞結憾至仁之主甘心累世之讎兵出萬全命定遠營平之將王斯一怒正槀街蠻邸之誅狡穴難逃噬臍何及

鄜延路都監報威明山檄

年月朔日鄜延路都監報威明山曰中國首四夷足盡可岐觀見善明用心剛乃臻大道既信義交輸於兩地宜死生如在於一舟革故鼎新泰來否往斷之在我展

也有成維去義懷利之誠甞畧聞於孟子若異域歸志之傳實備見於唐朝幽谷喬木較然其迥殊湩酪重裘釋爾之可厭從父子君臣之境服仁義禮樂之風顧不韙歟端可尚已矧國家闡聖神之教且政化極撫摩之恩奄六幕以無偏殆三王之莫過若甘雨慶雲之覆露惟和風麗日之披臨於今寢昌振古弗及用决從違之論一明取捨之端釋此不歸悔將焉及威明山人推俊傑天稟忠純夙懷向慕之衷蚤啟依投之緒葵傾萬國

之表額拔四夷之中洎從行忼慨之徒悉自蘊勤拳之想書之緜冊而何愧確乎衣冠之是存信使下馳誠言俯逮盡出由中之請有孚不肖之心感詠實多戢藏敢後竟力踐大丈夫之舉諒無縈兒女子之情朝發穹廬夕覩內境金犀蕃錫當立自於昕廷爵祿醲恩亦交來於帝所永作中華之胄首霑信史之書罄此有生樂焉上國彭濮巴渝之助猶在下風春秋冬夏之行長瞻赫日某敢不親提師旅深入疆陲會面有期預喜一斑之

覲承顔不日尚遲踰刻之間努力何言竭心以俟

北路都招討曉諭劉繼元檄

年月朔日北路都招討告劉繼元曰葢聞德博威制者廣是名王者之師兵行使在其間要亦古人之義維帝烈皇猷之廣被尚書文軌之未同忍遽致於大刑用先施于文告奋回念慮毋俾吝尤國家極效漸摩紹休開𢑴訖惟人面畢知職貢之修瞻彼河眉乃綏氛埃之屛還觀五閏并裂四方有古冀都屬茲劉氏顧周室甲

兵之問洎先朝旗鼓之鋒養晦有年推亡不日載念山川之割據既睽日月之變更臣子亂常儻非自我天地同量以至于今久矣戴盆每焉藏疾仰歎實沈之次俯矜恒岳之方尚阻四巡合歸一統矧深仁之及物寧終怒於小夫式觀江嶺之降王有耀吳闗之納土同躋一視卓冠百王惟是非利害之端在頃刻毫釐之際勢之必至理有固然大明當天寧容爝火之不息黒子著面誰謂鴻毛之匪輕亟反首以三思毋噬臍於七縱社稷

血食徒爾自文穴釜魂游曾謂固蔕何足為狡兔之三窟不當念首狐之一邱隗囂實愧於竇融彭寵何如於耿況當識君臣之大義勿貽今古之深羞其或愚固怙終執迷忘反僥倖不可數得禍福況乎甚明雖聖王推惻隱之心奈師旅厲虔劉之志誠言不再後悔何追

序

禮選序

禮選者諸王府侍講邢昺所上也惟昺通儒碩學究心

禮文之事慨念先王制作其詳不見於世戴聖遺傳粗
紀孔門之遺學者聚訟尚應討論之功是用筆削以成
一家迺雍熙四年八月晉諸尒依凡二十有一卷聖主
嗟焉孫謀貽後見於曝書之日名曷同觀帝藻下飾為
一世榮美貳之緗冊還賜曷家訖藏諸冢其不朽也已
易以卜筮全詩以諷誦全書百篇蓋存者半然帝王大
綱猶可想見惟是禮樂之事諸儒孜孜補拾不過推士
禮以想像萬一西京之末大小戴興焉而德所傳未能

粹然也大禹之黻冕仲尼之俎豆空谷足音是將焉屬
月令明堂位一二附合是殆可畧也曷也皓首窮經紬
繹之勞殆非常人比緝以為書則上而天子諸侯之所
依憑大而郊社宗廟之所設張下而至于三百三千皆
可以無媿用以垂世至于千萬年而不已真趲事也東
都曹褎因叔孫通之書次序禮事百五十篇李唐魏徵
作類禮二十卷元行冲又從而疏焉若可比肩是書然
褎之所祖不純徵之任已自專豈若曷合諸儒之長以

釋不刊之典哉是宜真宗皇帝好善忘勢加之贊述五色下被而萬物增華也曷是書世末之見史略其說然獨知其為戴記者蓋曷獻書之辰太宗皇帝取其一篇加之聖覽史謂文王世子則為戴聖之書明矣曷之書其目則曰分門禮選薈彪臚有條各從其類之文也所上止二十卷一書以為二十一卷豈一卷之目合其數乃若是耶是薈曷書之細愚獨取其千載之下不忘孔門之講習游夏之淵源以淑諸來世茲實為醇儒矣

梁文選序

文選者昭明太子統所集也維統心明才通好古不倦凡百縑冊既輯既繹載念辭華之作由屈騷而下浩若煙海雜然並陳遴擇之功弗加則黒白甘苦混爾一區孰取孰舍雖皓首窮年曷克殫究後學來者何所矜式是用極耳目之廣狥權衡之公拔其尤殊成一篇之書凡三十卷謂諸不朽不可無述也二氣絪緼太和保合靈而人秀而文經綸乎事業發揮乎天人宗庫間陳醇

駁互見未易一槩言也績學種文之士儻將淹今古而
觀之則必有去取焉有褒貶焉有明而無厚也有決而
非同也海納川涵蓋所未暇而採摘孔翠拔擢犀象吾
亦於其善者而已矣由屈平以來更秦越漢分裂之邦
離合之統上下數百載代不乏人發于情性見之事緒
揭為世用形諸筆舌者不知其幾也若大若小或淺或
深博若摯虞不過為之流別而已他未暇也帝子之英
精懋墳典博望名苑聚書幾三萬卷一時俊乂之流綱

羅無遺朝慮夕講孜孜不忘聚古作而耕獵焉討論之力既加蒼萃之功益著月異而歲不同以成章告曰賦曰詩曰騷曰七吟詠情性之作四焉曰詔册曰令曰教曰文上之訓下四焉曰表曰上書曰啟曰彈事曰牋曰奏記下之事上六焉曰書曰移曰檄曰對問曰設論敵以下一往一來者四焉曰辭以陳意曰序以述事曰頌曰贊曰符命以稱美曰史論曰史述曰贊以評議古昔曰論以析理精微曰連珠以駢儷對偶曰箴曰銘以自

僘曰誄曰哀曰碑文曰墓誌曰行狀曰弔文曰祭文以
厚終始於班孟堅兩都賦終於王僧達祭顔光禄文凡
三十有七種而賦詩之體不與焉由梁而上異篇名什
往往而在統之志勤矣艷高屈宋香濃班馬而今而後
吾知所從事矣音則蕭該僧道淹公孫羅許淹曹憲注
則李善公孫羅吕延濟劉良張銑吕向李周翰其訓義
日以宣明孟利正卜長福之續文選卜隱之擬文選瞷
若乎其學步矣徐堅文府選云乎哉韓愈以文鳴而高

許杜甫實詩人之雄也其訓子乃曰熟精文選理則統也其可間諸選也其可忽諸

神農時令序

神農時令者因穗書而有作也惟神農運曆火德至治純龎昭格休應上黨之山嘉禾八穗知者敘物粲然成文上觀天時爰班明制以前民用丕休哉出治之丕㬪三皇之鉅典也三墳久亡間見于韋續字源庸撫初末為之言曰日月之行星辰之運斗杓辨指昏中定次各

有其常不可變易天之開人固如此作訛成易使不失
其度生殺予奪使不違厥宜微而車服飲食近而出入
起居罔不俾適厥性人之事天者其可忽諸風雨霜露
無非至教保合太和必由鉅聖則時令之書詎容無作
維犧皇氏首造書契河圖効靈八卦三畫二十有四黙
象厥氣欽若敬授未極坦明逮于神農運化日開蕢稃
葦籥聲樂既闡男耕女織民生不難凡物理之未發者
咸將顯著天道聿啓聖心感焉迺因穗書庸班時令想

夫皇謨既定羣臣叶從迺採迺索發揚隱奥克開厥後貽之萬世日行終始八節爰創大火而下五官並建各揚厥職歲終索饗大蜡伊作凡爾百度咸用厥時逮觀大易十三卦之義聚貨懋易迺在日中豈市道必于陽盛之時而後可也觸類以長事為之制物為之防又可槩見矣維耒耜之興肇于斯時神農見號厥尚可探斯因禾瑞爰班兹令意者令所著獨于耕植收斂之際尤詳厥理耶且帝復能相土地之宜燥濕肥磽高下之别

令民知所避就見于淮南子之書仰觀俯察遺諸永久兩全而無闕自非聖人疇能若是耶淮南之書又曰以時嘗穀祀于明堂觀諸後世四堂十二室之制侑薦嘗新之法見于吕令之書者殆皆神農之遺耶厥後黄帝當時明天五雲分治朱宣元鳥而下分至啓閉罔不釐職陶唐欽天羲和仲叔之掌冠于經端周公時訓月令之目見于汲冢之書非神農舉之于先疇能述之于後耶周官籥章一職專掌春秋逆寒暑之氣俱擊土鼓夫

土鼓者神農之所剏也作者之意殆欲後之明天時者謹毋忘神農之功云謹序

宣和殿博古圖序

有宋八葉天子聰明冠倫密庸萬化之表坐襲垂衣之慶海縣鏡清幾務餘閒稽經諏儒之隙每以好古博雅為心謂思其人當愛其器雖既更億變多歷年所毋庸畢見然范鎔不朽之質諒有存者旁搜遠獵孜孜不倦鼎來萃聚罙久罙切天畀地予積日累月既溢乎玉府

之藏爛乎秘宇之列帝心悅焉思以警動羣目發揚若
稽是用肖其體則備厥款識施諸繪事 勒為成書以烜
耀于億萬年皇乎哉曠世之盛典也敢鋪張帝旨冠諸
篇首曰高卑既陳書契肇開中古而降文為日詳明聖
制作物有其則凡厥器用至理所寓毋曰粗末不足控
揣舍是而觀義之精微或幾乎息逮乎兩都世降道夷
然去古未遠猶有存焉辟之禮失尚求諸野空谷足音
跫然而喜兌戈和弓垂之竹矢周序炳列和鍾離磬女

嫣笙簧寵錫于魯古之聖賢嘉尚若是漢獲故鼎殆非
九牧貢金所成薦之郊廟間見歆艷特書大書匪一而
足豈徒觀美而已哉文獻不足莫甚樂律黄鍾叓則姑
洗之簴猶足攷其一二況他乎維我熙朝開𠜇之初五
緯叶于奎文明之運有開必先區宇既平篤于典藝旁
逮史籍列聖就將謨訓洋洋振古未見昌期盛際仁義
四達旁皇洋溢咸五登三罔有軼言維是往古禮樂之
具下逮日用未克裒萃鎔範有度銘鏤有義可按可稽

未遂紬繹當是時也聲名四洽年穀屢登爰詔多方乃咨乃訪輶轃廱至為品五十有九為數五百二十有七曾字禁嚴肆陳彪列參錯典藝玩想不已書之簡冊昔人興造之旨罔不咸在誠酌古大端升平格典也隆龐景鐘相踵有作大亨殷薦視昔罔愧無自而然哉中興以來是書秘在冊府小臣竊窺萬一盇為卷三十叙論之畧先禮後樂曰典制曰征伐曰常用曰燕間抑居其次云臣謹序

禹瑞歷序

瑞歷者神禹欽天之書也維禹隆功厚德克膺明顧歷數在躬允繼極治端拱無為百度自彰仰瞻垂象運動有則垂世立法爰紀厥常經緯具舉疾徐無爽列之簡牘以示千億欽崇不朽用承天休名書示意實曰瑞歷其事不具於夏書而荀卿天論獨著其畧敢追裒梗槩為之言曰兩儀並立天職洪覆日月星辰罔非至教神聖體之爰建矩則仰察敬奉恪恭不懈用以顧諟明命

斂福錫民由来上已周天歷度始自泰帝推分星次黄序明民創受河圖重黎有注少昊名官首曰歷正式序三辰越在帝嚳下逮陶唐德冠百王羲和歷象殆半堯典欽若敬授識弗可已舜之歷試首齊七政重華協帝克紹泰和雖去古既遠書不盡見然其觀象作則前後一軌矧維大禹親承治緒襲爵行道烜奐一時欽天之書其可無作遠括羲黄近祖陶姚紬繹鳩合克臻大備財化輔宜庸以無闕二典三謨與為表裏想夫是歷所

述兩曜聚散五緯疾徐如指諸掌經星常宿維見可觀以占則信以攷則明天儀合焉羲和職焉用以垂諸永久誠大君盛節治世寶書也洛書千載之期上媲皇策之盛光昇彝倫九疇肆敘箕子傳之數百年之餘武王下車汲汲訪問洪範一編光照簡冊五紀歷數實居其間然則是書之作蓋本諸天智若行水毋意毋我曰瑞曰歷厥有深旨範其領會而是書其詳者歟矧禹克勤于邦櫛風沐雨溝壑之地殖為桑麻魚鱉之民育為衣

冠後人稱九州之廣必曰禹迹葢功大則萬世不忘禹之俯察於地既勤若此則仰觀於天見於是歷者要必碩大光明有條不紊與禹貢一書相為上下地平天成萬世永賴歸功有自要當不誣孔子答為邦之問首取夏時殆亦出於是歷記禮者敘夫子之言杞不足徵吾得夏時釋者以為夏小正果聖人意哉禹之行已儉於欲勤於德畧於私厚於公菲食而致孝惡服而美冕其奉若天道者殆詳且悉也後世羲和廢職至勤嗣侯之

干戈足以見典刑之尚存稽諸漢志七畧之目天文一家禹書不少見獨有夏歷冠殷周魯之先今書不存無能識其梗槩云

帝學序

帝學一書乃元祐五年侍講范祖禹所上也維祖禹純儒碩學究心致主之術謂夫尊臨六幕統理萬幾自非講習古初不忘龜鑑盍臻盡善之域是用稽參前牒萃合往行上繇畫易之日近底元豐之年凡宸心緝熙經

幄紬繹之故悉歸會輯為書八卷寘之淵宸用宏端緒日新益明之理舍是殆無他岐厥旨深矣有天資有人力天資至矣而人力或有愧焉必歉然于中要使人力足以濟其天資則乾坤無不全之功神聖有蔑加之德今夫一介之士不敢自棄自怠必思夫修省之方琢磨之術以無赧乎降衷之善受中之粹矧夫居四海之上為萬乘之尊予奪自我維持自我舉一政可以厚八紘修一德可以倡萬姓其可釋師古之道去正心之理以

一聽之天哉此帝學之書不可不作也上考古昔由伏羲以来書契以降孰不以學為先務堯舜禹相踵而作語其德一曰稽古二曰稽古形之典謨垂為軌範皆學力也文武並興百年一轍措之雅頌亦學力也從漢而降猶是物爾惟我本朝累聖相承崇儒尊經超軼近古盛治所就奚止四三王而六五帝哉惟我哲宗皇帝接千歲之統膺鼎来之年自修切磨之道舍學將安取哉祖禹獲侍經帷夙夕孜孜謂無以開萬里之塗則燕轍

越裓莫知所適一木之本不正則他日之厚薄纖宏殆
未可知也職在太史纃冊之存可稽也責在進德古昔
之善可舉也吾非侵官而離局也吾非强聒以自誇也
事當其宜而言有其要也且一言可也而至於八卷之
博祖禹之心切矣說命有篇敬之有什商宗周后用以
立德用以保治眎祖禹之書一轍也祖禹蓋嘗輯仁皇
之懿法以為訓典一書又嘗預司馬光通鑑之編二者
足以明烈祖監孅惡有補一時有補来者蓋不止帝學

一書而已然而帝學獨能開端倪澄其源正其本使不哆不異後世之君苟知所以尊用崇信以兢兢業業日昃夜分以深察吾心博觀物理參之前言往行淑夫一身淑夫天下後世其用可勝殫哉其盛可容言哉夫洙泗相與漸摩不一而足魯語一書成於門弟子獨以學習冠篇蓋聖門正傳必自是始祖禹其有以脗合也夫

太平廣記序

臣仰惟太宗皇帝嗣興叡之運混文軌之宇治叶登成

業懋稽古爰詔儒紳采獲昔人稗官之篇條分臚析爛
然有第凡五百卷藏之秘館制作之道宏矣學尚乎博
聞貴乎該不讀山海經畢鸞何以辨不熟爾雅幾為勸
學誤一陋一洽得失較若書可無作乎自典藝粲然易
之幽書之明詩之雍春秋之肅學之道訖已歷年牒猶
曰治亂之別成敗之殊釋是括九流下騷問尚遠而不
即廢而不攻況百家之細乎致遠恐泥明戒凜凜維日
不足我則末暇儒者類以末為諱以不正為譏博極羣

書旁通百工之學卒敝大人之賦已事前轍可不鑒哉曰是一曲之說非達觀之見也蓋自乾元四部以来唐政不支醜羯腥聞播于太紫之上大京衆師金湯屢隳牙籤散亂之簡不越而之四方則莽在泥塗國史不克全况他乎重以末造之禍極之五閏之變芸香牢落竹帛土苴誰復念之干戈鋒鏑之餘天壓塗炭真人挺生鋒旗四燄罔不臣妾孟蜀江左之掃除舟車聿来冊府以充雖投戈疇隟絶亡馬上治天下之想煌煌奎躔下

闕圖書萃于五緯搜遺有詔獻書有賞表著方冊炳炳若丹以舜嗣堯重華有光三館翬飛崇文標記中屹傑闕雲章照回頓還石渠東觀之舊文風日起御覽一編千門萬户包總細微咸曰周敘英華踵作囊括後先流別井然若延萬士峩冠切論皆前所未見猶嗛聖心蓋曰洪造無垠變動惚恍殊異之象時出間見使無以昭明之則駭溢元元將有禹鼎未鑄之患彼芻蕘一言日表旻溫不以為鄙而漫之也況宇宙之宏編帙之繁耳

目所不接忽而陋之不幾以常而廢變守一而忘百乎五石之隕恒星之如雨格諸降莘言晉之故左氏不為誣矣故自虞初以降千端億緒或是或否若信若詭有不暇論也若大宛之馬驪黄牝牡雜然具存不惟汗血之駿也若大秦之珍瑟琉琥渠珊然並舉不惟尺璧之取也大矣夫有六經為之正有廣記為之變括洪荒而無外秉仁義而不惑吾道之終乎極千古之醇武成惟二三策竟萬物之動九鼎用知神姦来者克明則皇心

萬一愚言不為誣矣臣謹序

欽定四庫全書

靈巖集卷四　　　宋　唐士耻　撰

記

剛應廣利忠祐侯廟記

婺之列壤上直須女垂芒俯屬大者峙而為鎮望其南則派自鼎湖五雲郁紛黃序所眄睞北則脉分東越吪石羊興初平所隱遁焉南迥而秀短小精悍如賓從郤立惕爾聽命北乃挺傑偉有堂堂大丈夫峩冠列坐之

態意其必有異人起乎其間其生也不凡其死也不泯捍患禦災芘民澤衆猶有見于百載之下可以尸而祝之社而稷之血食永禩名在頌臺之典者是殆山川之所自有而亦豈尋常之故也耶邢為縣鉅姓間亦儒冠自修膴仕吹鐃然未見名聞一世表表在人耳目者靈氣磅礴乃在于神耶且神之在母也有金革之兆及其既生也無齪齪之見弗屑章句儒所學萬人敵葢嘗觀光上國有意鶡冠雖命不時偶於邑以終猶能息山房

之厲以芘里民佐旗鼓之鋒以靜祆祲以至除疾疫之害衆却飛蝗之戕稼曰暘而暘曰雨而雨無感不應又為一邦之顯相豈其長存不朽真足與世之建功立事者並驅爭先也耶是宜里人思其烈公朝著之名睟容一新堂序鼎立永垂来禩至於千萬年而不已也耶嗚呼與其見用於一時孰若流芳於萬世與其鼎食於生前孰若尸祝於身後使神遭遇時君一將却敵功不難建又豈若今日之事之為烈哉夫人死而有知者其死

也必有異焉方神之氣索魄褫不隳不仆筋維骨支儼若生存之日則知其所得於天也厚矣所異於衆也遠矣是又烏可終泯也哉神世居金華之赤松鄉諱植賜額之班蓋嘉定三載九月二日公朝書贊既已勒在堅珉兹不詳述姑爲樂章以妥靈侑饗辭曰赤松兮白石兩仙兮孰識山所鍾兮未已有神兮民是翼彼大弓兮長矢若秦王之崛起神俯視兮振槁力有餘兮莫比是天之所付兮非常胡忍齸齸兮堂堂六麾兮曾足道豈

屑意兮公王一時兮孰若萬世芘民兮驅其厲斬郅支兮封狼胥是吾之心兮轟雷車昭昭肸蠁兮氛祲掃名登史牒兮幾大道

漢追封高祖功臣記

漢高皇帝以睿明之姿廣攬英豪戡彊仆暴大難畧平則既並啓爵邑俾傳孫子與國咸永惠文高后繼之數十年之間搜遺追封尤切不忘其事見于史記惠景間侯表之敘一代盛典不可以無述也天啓真主風雲草

昧必有智勇之士為時而出大業甫定分茅析圭開國承家永錫魯仍貽茈無極既盡報功之義然其後世之君猶且日篤不忘每惟搜討講求是急必欲使尺寸之效舉無不見知之歎其為孝也大矣其厲世也切矣肆惟高帝有知人之明極容才之量下逮屠販寸長畢錄用以組嬰梟羽脫斯民于鬱炭區宇既平歌頌以發清廟之策既弗敢緩爰自六年十二月甲申始裂平陽以畀曹參迄十二年六月鹵侯張平之封凡百五十有三

人厚以第室之賜固以山河之勢表以十八侯之位次漢承秦舊爵列二十通侯為冠由關内侯以降下至于公士霑等級之恩者尚多有之特詔肆班申勅長吏厚遇高爵入蜀漢定三秦之士恩復世世酬功懋賞斯亦足矣一傳而孝惠再傳而高后三傳而孝文皆克紹厥世將相公卿登用耆舊列侯朝次藏之宗廟猶以為未足又取高帝未論之功俾祚爵土父子之仁君臣之義交至曲盡猗歟盛哉謹按本表平都侯劉到以孝惠五

年六月乙亥封平定侯齊受以高后元年四月乙酉封
中邑侯朱進樂平侯衛無擇山都侯王恬啓祝茲侯徐
厲醴陵侯越則四年四月内丙申所封南宫侯張賓俞
侯吕它又以父功追封樊侯蔡兼以文帝元年六月丙
寅封蒙之克家盡之幹父特書屢書孰謂漢家之猶少
恩哉厥後孝宣元康特發廟藏復家賜金百三十有六
人孝成孝哀興滅繼絕建初永元復封元勲之裔桓帝
延熙三年猶録李必之後前後一轍有隆不替宜其盛

哉終漢之世鼎彛太常之勲不一書而止豈勸率之道
素茂有以啓之耶

唐貞觀凌煙閣功臣記

唐太宗文皇帝以濟安之姿承開刱之運文綏武服萬
方同軌爰命治功之成雖曰圖維自我一人而叶濟左
右抑羣臣是賴纂承之始首定封戶帝心若歉以為未
足載惟繪事省貌表揭曽宇用彰殊烈永垂不朽誠弗
可緩越貞觀建號之十有七年二月二十八日戊申誕

發明詔圖功臣于淩煙閣眞帝王盛節也明主報功之義期詔罔極拔尤取穎畫象垂名與日咸新以勸以厲盛世一轍漢宣中興麒麟畫象光武系隆雲臺襲美兩都四百帝業用昌矧惟太宗聰明剛决叶賛神尭果宻德充以次翦滅中區旣寧靈旗四指突厥高昌相繼俘蕩冠帶詩書配天軼海紀綱制度鼎鼎近古俗易刑措庶幾泰和固已高軼七制而上追三王矣剏業守文策力咸備偉績殊勲掀揭一時烏可循默無報爰命丹青

具紀形貌致之禁嚴日肅臨觀想其冠紳斂佩鱗次櫛比立朝之正色在師之嚴貌暨暨濟濟鷹揚山立雖千百載之下儼然在目風行化洽人思勉旃追思魏徵登觀賦詩委重李勣别圖自序始終著名遣使特祭開元潤色曹霸承恩瞻望崇締感想雲龍茂恩隆渥有加弗替佐命勲勞益用不泯太宗親贊一卷見于藝文志别集之目劉氏舊史載元齡之贊曰當官勵節奉上忘身豈即太宗之文耶王氏注杜甫丹青引復曰親序豈序

贊並見一時耶唐歷唐統記悉謂世南出自特寵意者
博雅領袖獲與是列耶吕温贊引以為象二十四氣若
漢將上應列宿者果當時之意耶舊史又載孔穎達明
年圖形豈其後復有繼登者耶考之六曲凌煙在宫城
之内李庾賦西都謂締閣圖形榮號凌煙則斯宇𠂜建
殆亦我朝博雅之士總録金石考之孝恭志元兩碑曰
圖形戢武豈揭名前後不同耶厥後聖懸侍臣加之贊
述子儀光弼下逮希逸肩摩登兹正元寵詔刻石勲門

遂良等二十七人見於會要晟等三十六人上親為贊見于李翶所述柏良器之碑大中二年七月巳巳續所未圖前遺後承光明靈長亶其盛哉無忌太宗實錄柳芳唐歷陳嶽統紀皆二十四人始於無忌終於秦瓊具列名位會要無靖士廉然亦曰二十四人矣秦瓊傳雖無士廉末敘永徽所祭酒遹居第二呂温歷贊二十二人而亮君集以罪斥吴競正觀政要與夫閻立本所圖數皆與實錄合然二十四人當已謹記

漢永平車服制度記

漢顯宗孝明皇帝以聰哲之姿膺重熙之運三雍七郊禮明樂備上媲隆古人知向化惟是中興以来撫摩勞来歷有年所民殷物阜中人易移未免小侈車服之用稍踰法度帝思財約爰詔有司申討參酌建為矩則以壹民心以防濫溢丕休赫哉真人道之丕變帝王之盛節也其端畧見於本紀永平十二年之詔而輿服志注復引蔡邕敢裒集梗畧為之言曰人心惟危因物有遷

不知自節殫肆無度明主憂之爰剏定矩俾就準繩不
僭不濫五三上矣漢興以來高帝草剏衣服操乘僅抑
賈人班壹雄邊至僭旌旗秦俗未除屋壁倡優帝服后
飾識者憂焉深用太息太宗剌經制服名篇概在七録
謙遜未皇意則維見專事躬率綈衣革舃上溢尭儉祈
易風俗孝景猶詔唯及長吏世宗初政綰臧首議逮夫
天漢深厭侈放大索京師四年甘泉乃班明制旁達出
日見于南齊輿服志大國朱輪特虎在前左兕右麋小

國前熊寢麋左右又具於劉昭所引古今注之文概見

一目他宜稱是先漢制度森嚴若是不可尚已東都以

来務用安静未及裁制顯宗絀遠粟斛罕作貢賦尤輕

府廩還積草木殷阜牛羊彌望戚里侯家車如流水馬

如游龍極于齊民頗恣耳目帝則憂之乃命有司乃究

乃討上自侯王下及黔庶被服嫁娶各有科品廣示四

表永貽萬嗣皇乎卓哉誠有國丕則人心大防也帝意

若慊無用躬行身御澣衣誠意深切刑妻齊家椒房春

宮重繒厚練用倡于上匪恃政刑有光文祖德禮具修
一時抽毫之士並賦兩都謂申舊章下明詔命有司班
憲度昭節儉示太素去後宮之麗飾損乘輿之服御文
核事實殊非濫矣重規疊矩有隆不替肅宗建初二年
二月辛丑明詔申敕兼命齊相省去三服冰素方空縠
吹綸絮馬廖抗疏將順長樂廣平鉅鹿樂成諸藩樸素
蒙賞孝和永元十有一年七月辛卯復揚明憲諸古麗
圭襂閨緣加上奇衺之飾影滅迹絶孝安之元初孝桓

之永興悉修故事前遺後述化行俗易猗歟盛哉然而明堂郊丘舊儀非古帝命諸儒東平宗老尋繹藝傳冠冕車服悉還聖作烜赫明備似非所以示儉然識者深挹帝旨殆大禹惡衣美冕之心並行弗悖理固若是帝承尊經之緒夙造時敏是宜舉措悉惟厥中有唐車輿衣服著令武德殆亦永平之意本紀詔在十二年蔡邕以為永平之初范志堙滅弗可詳考姑存厥異以俟博雅君子云謹記

紹興新建太一宮記

有宋中興再造之天子以睿明之姿紹復炎景區宇畧平百度次興布衣臣千秋言祖宗故事咸建太一之祠永祈年穀之登今茲翠華所涖未有常所迺詔頌臺尋繹徃典宣和舊宇蓋在乾維爰究爰度鳩工聚材考成于紹興十八年季春之月凡一百七十四區輪奐肇新恪恭典祀貽芘千億不可無述也傳美少康復禹之績必曰祀夏配天不失舊物漢宣中興金馬碧鷄之祠迺

致一時之譏葢禮有不備丕承所急汰侈之心非曰孫謀若昔興王虔羣玉帛用恤明祀凡以申薦德馨貽福元元既非一已之私則繼世之君修振墜典胡可緩哉太一之祠雖不經見楚人九歌吉日辰良形之詠歎彪炳可覆漢武甘泉眆乎繆忌唐之乾元王璵有言弗雅弗專無足譏已聖祖神宗宏模典要丕丕易遵非漢唐比太平興國六年首建曾宇一新祲威犆寓陽郊天聖八年兆乎西熙寧六年處乎中宣和元年又位乎北凡

以奉若天道泛應曲當中興之君其可忘乎哉矧建炎
以来明謨糾斷偃伯靈臺奠安六幕百司庶府駸駸畧
備既彷象承平之舊惟五福之祠以格有年以芘億兆
者猶有闕焉韋布幹議明旨繼班奉常獻儀共工董事
乃敕乃戒民不知役葢易年而後成翬飛翼布弗陋弗
奢璇題奎畫曰崇真曰靈休曰瓊章寶室曰介福崇禧
炳煥之時齊明有殿真儀有庫修廡角立釆繪彪列籩
豆靜嘉悉著悉備自今以始四立之辰祈穀之月恪修

薦饗罔敢遺失天下逮黎庶乞靈有度二十有一日帝乃
躬修西面之禮陰雲四開庸昭肸蠁凡爾在列載欣載
肅罔有軼儀熙朝之盛容復古之大端弗可加已夫曾
宮壯麗釐事肅雍迎康年厚生民仁也俾率先王不易
乾方似古人順天命義也五典祭為上百神太一為貴
懷柔肸飾禮也一舉而三善從焉不眩不畫智也大報
汔成必躬謁乎是館堯舜禹湯繼繼承承凡今幾見而
永錫鼎來如川方至是宮之建豈曰小補哉臣謹記

天臨殿記

若昔真宗章聖皇帝治叶休明萬祥畢臻東封西祀告厥成功爰幸亳社躬謁太清之宇萬騎雷動次于近郊臨宿雍卬之梵剎紹聖初知縣事臣瓛詢逮緇流采獲異聞顧瞻太息改賁儀範俾埒皇居爰揭巨扁實曰天臨欽贊樂石歸忠之意輝與一時不可無述也天子以四海為家玉卷羽騎無遠弗屆翠華黃屋鷩夸際幸後世之修心乎虞周時巡徧逮于方岳蓋曰秩典非見創

聞欣欣喜色見羽旄之美特當時之頃未聞若来之表著以修于永世何也夫臣之事君葢主乎敬若稽往蹟華葢承辰星陳天行風伯雨師汎灑交馳嘗及乎斯地警角告嚴玉漏司晨夔龍悲壯之音若由在耳鹵簿森拱入門無譁旌旗車馬之容若然在目于是而愬然曰一時之偶也不幾於不敬乎漢世廵幸之地皆使致廟祀焉於古雖未前聞要亦君臣之義未造由不敢廢豈一時之陋哉康衢之謡曰帝何力於我華封之祝曰願

聖人壽在堯雖無適莫而事君之義則有間矣矧惟真
宗承千歲之統廣三葉之仁偃載戢械與民休息皇乾
顧歆度越圖書之表升中展慶上比七十二君之盛汾
陰瘞祀儀矩叶成今兹欲謁真館千乘方軌方是時也
耕食鑿飲無供辦之勞黄童白叟有縱觀之喜春風和
氣四溢衢術雲仍相傳以為大幸故雖七八十載而未
能忘也巘於是竊有聞焉皇澤四宣家佩典藝天保報
上之心夫人能言巘也儒生負民社之寄宜其一聆盛

際侈大而閎張焉以舒宿昔向上之願而不暇請也方
朝謁訖濟古亳宋都咸賜酺樂麗譙壯觀曰奉元均慶
曰重熙頒慶炳奐一新君能下下以成其政於是乎見
之則巘乎其可嘿哉或曰陽曜匝宇容光無間而曰日
在是天一周流盈虛變通而曰水在是是不幾乎誣然
神化運動有一有萬一者名既若是則萬者盡其可違
而況天乎標曰天臨確乎其不可拔是名特見於王明
清揮麈三錄以會要考之蓋大中祥符七年正月十有

六日縣之圜城鎮㦸之初扁則歳月罔知姑存其畧以
俟博雅君子云

玉宸殿記

玉宸古別寢也朝聽晝問厥事既昌日倚而槐陰薄漏
移而蓮炬開絲歟竹歟皇晉樂歟息歟游歟薦清躬歟
矧四夷賓服萬樞澄簡日晏而坐幽枉必達問之朝羣
賢濟濟將將問之野黔首熙熙皥皥河圖洛書不籍龜
龍之出東封西祀並驅隆古之際非有暇之年歟崇文

有院龍圖有閣太清有樓四部七錄取之左右逢其原
廣廈細旃峩冠切論爭先勛華肆筆為經萬物五色表
裏典藝講非不詳詰非不洽而皇心莫之慊也三朝九
陛負扆凝旒大寢叶焉惠極承宸居非不足也翬飛鼎
新既勤樸斵匪軼匪私毋意毋我九重靖淵萬籟不作
綈几獨御歷歷維見優柔饜飫深造自得悠然會心時
一解頤韋編三絶不足喻其懋夜分乃寢不足喻其力
也宏我漢京兼麗卿雲有曰金華玉堂白虎麒麟區宇

若茲不可殫論内也不過曰乘茵步輦唯所息宴而已非古訓是力也武宣之侈心畧而勿論可也然而身衣大練之后弗與濯龍之私倉卒足欲外戚傳至與藩王為寇宦官女子幾得其隙也殆矣夫俗成洽熙文治熠興外若可觀自今考之直文具爾太紫在上丙丙有度奎壁邈焉周官外史掌三皇五帝之書天有所不及聖有所未至而我章聖皇帝獨全秉德百王一人千載一日也而況茲殿所藏凡八千卷雖九流古義有所弗取

況稗官乎帝之學也非苟為是博也仰續道統文不在茲乎且帝之若稽出自天性非矯飾所至故凡命名臣工樂豈之頌必先之藝文其見于玉宸也四為景德四年三月乙巳由太清而至是殿也大中祥符七年三月十日觀太宗皇帝聖文神翰而錫之膏飫也八年四月癸丑朔則先是宇而移御也九年三月四日葢獨召宗室焉他日又至則天禧二年十月十一日四年十月二十九日兩觀稼焉以考古為未足又察乎穡事人勤怠

心何自入哉且是殿所陳有若漢文書囊集帷方以道德為麗外物烏足道哉帝藻昭垂嘗紀本末臣懼其讜也用極鋪陳云

仁濟殿記

宋興百有餘載德茂存乎四世湛恩汪濊洋溢乎方外凡可以利用厚生為億兆計者靡不畢舉迺慶歷紀元之明年二月庚辰爰班明制以大相國寺鍼灸圖石壁堂易名為殿標以仁濟緣文察實聖意彪炳天地覆載

之德陰陽化育之功有弗自全而我仁宗皇帝將實全之丕休哉帝王之盛節也神聖以天下為己任一夫之不獲一毫之未至吾心猶將惡焉故其發政施仁之際雖一工藝之微苟可為斯民地者咸盡其惻怛斂薄刑清政極豈弟風正氣平物無疵癘神聖之職殫矣彼疾痛疴癢生於小己不能自衛雖詈焉可也然由己饑渴之念初無彼此之間博施濟衆與天同大自昔黃庨題期岐叟應明堂之詢纖髪悉備神知創始正物明民見

祀億千弗可尚已周官醫師而下厖職為詳疾瘍者造
歲終稽事蒼籙忠厚百代所仰漢之西都奉常少府並
建太醫初非重複東京省官乃去其一及民之意邈非
前比唐之太宗覽圖明堂僅戒鞭背仰視皇王之仁夐
弗可及維我建隆命馬嘉志等校定神農本經聖言標
端太平興國集方賜序則曰聖惠仁皇善述天聖建元
之五載爰詔太醫詳理諸經岐黄之祕與越人之綱條
下逮巢源罔不畢新又念經絡十二俞穴之所差之杪

怨死生分焉俗傳訛謬弗克明壹復命尚醫奉御王惟一精加考訂為書三卷模木班用命翰林學士夏竦序其意鑄金象形備列纖悉置之一日二日之地以正粗工之繆令茲鍼灸有圖石壁有堂其殆推廣前日之仁由天聖以迄慶歷二十年間有加不替克臻大備休稱昭揭聖心炳焉自茲以始凡爾工藝服習究玩艾石所施必審無舛六藏以條百絡以巹暴沴不作各全天年其為仁也大矣其所濟也廣矣蒼籙之盛殆不過是東

都李唐比之褊已四十二年之治凡可以幸斯民者無所不用其至廟號曰仁不亦宜乎厥後徽宗皇帝政和紀號之八載五月將望聿班明詔經曰聖濟出自宸藻備論衛生核邪之道以幸天下宸衷惻隱先後一轍猗歟盛哉宋敏求記東京謂殿建於天聖八年在寺庭之東與寶奎殿對峙殿之石壁盖仁宗御篆針灸明堂經之文姑載其畧以補國史之闕云臣謹記

漢議民徙寬大地記

漢孝景皇帝以德克肖接千歲之統始初清明慨念穡事之艱顧維井田之制既一變於阡陌漢室龍興專意休息未皇復古肥磽廣狹惘然隱卹簡在宸衷迺元年正月肆帝班綍念人土之不相適爰勅有司稽衆論民有欲徙寬大地者聽之皇乎哉明時之善政人主之盛節也人不土不生土不人不成游民閒田隆古所無咎單明居犆成一編豈亦成夏之裒事資振舉蒼姬六典司空蓋其一度地居民職掌攸專土地不易以及中下

截然隆殺仁之至義之盡也秦用商鞅壞振古之良法以自成其私干戈塗炭之餘日不暇給高帝五年後九月徙諸侯于關中九年十一月徙齊楚大族五姓關中與立田宅是直强幹弱支非出於厚下也孝文刺六經以作王制制農田百畝兼明司空執度之典地邑民居必參相得將汲汲於厚生本制之篇先乎兵服劉向七錄彪炳可攷凜乎復古之志卒之謂皇雖務在養民田租盡除念農之詔丁寧反復而王澤迄未究也瘠鄉衆

居食猶不濟豐薦之土人不得徙誠一時深病帝也承
恭儉之德繼惠養之志在位凝命甫焉臨蒞九重之内
奥窔之間俯思民業愁如調饑帝王井牧之法雖未皇
及盡求所以舒目前之急劾均一之梗畧爰詔有司爰
開廣廈爰咨爰度首量國用興剏僅焉固未能助民之
徙若夫民之有不便願自徙者其思為之條畫以便利
之凡我在廷縻夫爵食夫禄其推我公心達吾善慮以
厚夫元元共躋仁壽之域想夫薦紳將將發言盈前知

者啟其謀勇者替乎決順民之欲適事之中小抑强秦之偏漸窺隆古之平中正溢乎簡策謳歌發乎田里亦足以亞七制追盛時之彷彿矣後之純儒若仲舒蓋嘗仰思古道發限民名田之論孝武汩於兵孝宣梏於法而不暇及也田畝奴婢之禁乃見於孝哀皇帝綏和二年之詔顧中止乎貴臣之私而卒以不行度長絜大豈若孝景之果兩都四百之業夫豈一帝之力哉然當時之政獨其端緒粗見于紀而他皆不詳其信史之闕文

歟尚俟博雅以要其歸矣

益州交子務記

有宋君臨萬寓天地其量不作不創因民所欲左翊右贊使訖平允以無困躓益州之壤鎮撫全蜀直國坤維雖車書混一初無彼此之間然去都國幾萬里了不與中原謀壤地西接蠻戎慮其溢洩賦幣以鐵人病懋遷而質劑興焉主以十六户時改事變貧富不齊有劵莫償之患起矣訟牒紛紜官渡決責或者厭之將一弃不

顧然而遲重難遷之患民又病之議論複繹事愈明白官建專務以主其事一時因隨創建豈無善意維持可傳於後者輒補其闕而為之記曰民生林林不能自養饑求之食寒須之衣而農出焉神農建耕織之教少昊立九扈之官為聖神者亦豈能坐視其自成哉則必立之官師著之訓飭以佐其所不逮而使之至於遂事而後已然比之飲血衣皮之時固已若多事聖人不敢憚也耕桑衣食之餘日用萬貨非一方可具理須服賈而

商出焉稷佐懋遷之道周建九府之法亦無非左右齊民為之表則使無後患然比之蠶桑稼穡之務亦稍末矣聖人不敢厭也凡其由農而有商自淳而趨便從質以歸文皆其勢之必然理之必至繼此且有變焉聖人烏所避哉我朝家法不自神聖凡百制度多因前代非喜因循樂苟簡慮其强民而弗從者藝祖肇造太宗統一真宗守成如出一轍官師取其實掌不顧名號財用謹仍舊貫何必改作罔求富强弗務𡸁新一以便吾民

而已至於民有所欲起而應之曾不旋踵用能宏覆六幕仁熙義恬鐵錢重而劵作主户貧而劵病薛田握六條之節極再三之思以為吾將禁之不為則重者不能使之輕豈公朝愛民之仁吾將任之自為則貧者不能使之富又豈公朝理財之義折以大中則不若官為設職制其盈虚有錢斯付之劵有劵必予之錢出入無毫髮之私授受無斯須之間母子之相權名實之相名經緯之相濟力役省而紛爭息矣田請之而田去寇瑊繼

之而瑊又去天開際幸田代瑊後復起前議清朝俞音
再畀外臺漕臣張若谷既是之於其先東川憲臣又稱
之於其後天聖元年十一月戊午詔音俞焉通貨泉之
窮極商賈之變施之全蜀至于令賴之想其負販之夫
射利之輩婦清之丹卓鄭所治重錦橦布異物崛詭四
溢外區邛杖傳節於大夏蒟醬流味於番禺梱載以徃
垂槖而歸執券取償如探諸懷揆厥攸元薛田之力居
多天聖明道之間葢章憲明肅皇后實司聽斷其能決

然用薛田之議亦仁也夫亦智也夫托六尺之孤而不
負章聖皇帝者豈偶然哉或曰鐵錢行於邊西北盍同
矣俱患其重矣則交子殆皆可行也令公朝獨行於全
蜀而他邊不與焉何也漢均輸亦良法也亦便民也然
而君子患焉以其意不善也夫交子蜀民刱之蜀民行
之蜀民有病之吾特為之淳制而使之不蹟焉非敢創
其端也從民之欲也令而復行於他邊則是强民也非
以便民也是以均輸之意而推之交子也其可乎是為

記

濡須塢記

濡須塢者吳孫權之所興築也維權藉父兄之資奄有南國定都秣陵雖赤壁戰勝之威既足以破曹操之膽而奪之然操進取之心未能遽止也一時南向之意遠溢江表權思所以禦操之術謂據江以固則逼過都邑不如進營淮甸之為愈也乃眷乃顧因仍天險依山帶水加以人謀之臧腹心爪牙之臣蒙爰進萬全之策若

曰功不可狃勝不可常古語有之先為不可勝以待敵之可勝此備禦之至計保國之大方歟使吾有不可勝之形則𠒋心自懾吾衆亦堅然後遐衝可折權用其謀土功肆起不日告成卒以遏北方之侵軼偉哉斯塢其守江之上算歟其霸業之所由成歟其鼎足之勢所由定歟敢裒集信史用記其顛末在易之坎王公設險以守其國周官大司馬之屬蓋有掌固司險之官夫以王者之世仁義充塞乎兩間訖惟人面罔不来王衆心成

城我戰則克而何有於險要哉然猶不敢以本而廢夫末不敢以腹心之寧而廢夫股肱爪牙之捍禦而深畏夫人謀之未臧人力之未至也而況區區之吴哉剗操之威加四方功収百戰雖如袁本初之土廣兵盛官渡之役卒以不支其鋒殆未可忽也赤壁固非幸勝亦其自犯古人趨利之戒是能一炬而蹙之操固旦暮思一洒之而將集夫新功焉南牧之舉未嘗不在心也長江混混固天所以限南北然秣陵近在水濱必思淮甸之

經理以固大江之藩籬濡須之為地當淮甸之要衝西趨合肥實北方来侮之所寄徑也有山峨峨可憑以固有水泚泚可達之江然城壘未立虞隙尚多不加之人力是烏見其可哉臣蒙覩兹端緒訖用有言闕于聞聽謂諸將之言以為上岸擊賊洗足入船是一切之見耳是常勝之家難與慮敵耳豈萬全無虞之策哉是必版築有興城雉有建使敵心自阻我意不折而後江南可高枕而卧矣權夙擅高明善屈羣策耳接斯言心契其

藏可之俞之爰命攸司鳩工聚材戒役庀事迄告成焉屹如卯山當道而不可夷也堅如甲革之衛膚而不能侵也雖以操之雄傑決不敢越之以用兵於江南醒矣夫其南國自固之大機歟且以史考之建安十八年正月操至濡須萟四萬之衆僅能破其一將卒不能大有功焉操也方興有子之歎而懼夫春水之生十九年七月又至焉二十一年十一月復至焉二十二年正月又以二十六軍之衆至焉僅致一介之来而遂不復以為

意夫以操之威磅礴五年之閒而卒無纖芥之效豈以濡須果得地利無所復用其力耶至明帝太和四年十二月之後權繼有合肥之役亦豈以濡須之旣固而後可進圖合肥耶厥後黃初三年曹仁以數萬之衆臨于濡須朱威僅以五千之衆而獨能走曹仁且收斬將搴旗之功豈以朱威之力而獨能辦此哉亦以濡須眞得領會而呂蒙之興築有以詒後耳昔馮道根之戍阜陵也有隙必塞有敵必理衆哂其為道根獨曰怯防勇戰

此之謂也而竟以却敵權也其亦道根怯防之類也歟

欽定四庫全書

靈巖集卷五　　　　宋　唐士耻　撰

頌

芝山頌

宋興四五十載叶氣格于上下圖書之出夐超往牒人情洽熙願建升中之禮登封訖成載脩汾土之祠柴瘞昭妥昆蟲闓懌爰扣琳宇躬修款謁凡前王盛際升平縟典罔不咸稱忱恂比馨香殊應踵出凡仰而見之手

天俯而形之于地致其物繪于圖者府無虛月史不絕書至于自本至根效三秀之異者尤為雜沓乃大中祥符元年六月王欽若得之泰山葢八千餘本六年十一月丁謂得之亳都葢三萬七千八百本越月丙午又獻九萬五千本焉殆前時所未有也想其殊形詭狀五色粲發溢于觀覽不一而足彼甘泉之産函德之符不過九莖形之詔旨詠之歌詩使見斯時之瑞豈不駭觀溢聽宜其帝心格誠不敢隱遏叢而為山以對天宏休二

年四月二十三日命內臣元吉分畀名地凡二百焉八年六月復錫殊庭加賚臣工各二俾之寶藏不朽丕赫哉振代之珍符創見之明時也天瑞應誠而至昔益有之求其系至靈集輻輳雲會若是芝者實千載一隆又從而加之意不役不吏以震蕩億萬年之耳目其兩至也已是非我真宗章聖皇帝疇克致之亦疇克顯之小臣不揆竊寓之律呂播之金石以彰無窮之偉觀頌曰

天尊地卑人焉中居有感自我厥應不虛有義斯圖有

姒斯書究而論之不差錙銖匪分而際若鼓在抱五閏易置天厭紛如迺眷真人大濟堪輿東征西怨爰立宏模曰義以正曰仁以濡詒爾來禩毋二者踰太宗一統悉歸版圖訖惟人面畢會我都章聖嗣之不變不渝三朝繼承四方無虞我澤益深浹髓淪膚叶氣薰陶方外鬼區有降自天大中祥符稽之往牒振古所無小民稽首登封来歟言曰今日安若覆盂矧此天瑞有誠既孚帝曰俞哉叶以汾隅柴燎奠瘞肸蠁紆餘亳宮載臨確

如前謨保合太和三秀以敷人一已千僉用歡呼既萬
且億與常則殊于岱之域于亳之沮上帝監觀左睞右
扶不一而足或黝或朱五色交粲光彩敷腴其來雜遝
厥入連車爰命為山錫之名廬加賚臣工非玩非娛甘
泉九莖函德之除寂寥閒見何足惓渠漢德鮮矣僅爾
斯須曷若昌期可張可鋪不隱不吏永視居諸小臣作
頌敢罄厥愚

紹興祚德廟酌獻彊濟公成安樂頌

堯舜一時輔佐其子孫咸有天下且膺一統之盛趙岀伯益乃獨跨帝軼王度劉越李而後興焉中數小奇天眷不釋挺生程嬰以左右之史遷特書焜燿縑冊雖陰佑所臨似非人力然忠肝義胆要與日月爭光又奚止丙吉陰德僅見當時而已哉烈士初心夫豈望報然被其施者自不可忘也元豐紀號之四年五月始封嬰為信成侯棟宇宰木之蔭扁以祚德始血食焉中興行都用肇昭享薦紹興十有一年八月至十有六年六月加

以忠節之號二十有三年二月爰命領臺議超常度爵

以公冠以强濟春秋二仲祭必用樂酌獻之曲葢曰成

安備縟典也且統垂千嵗累聖相承民漸膏澤詠仁蹈

德景炎系隆運啓無窮原其端緒存趙之力為多是既

不庸釋死而不朽無踰義烈雖歷數千百載猶一日也

英心凜凜如在其上膏雨既濡秋霝將肅時序物情人

心怵焉俎豆告潔牲牷告備即肖貌之宫迺肆迺薦八

音在列詩言義槩衷惠之風懦立鄙寛形之千古如日

常新量幣既奠縮爵既告革木起壯金石將將絲管相叶而百禮暨矣祭法有之法施于民勤事定國禦災捍患悉在尸祝之列矧公存孤利浹萬世致其恪恭是宜有常中聲嘉號副兹縟禮聖王懋焉元封百度厥端既啓中興肇新有隆不替下貽億嗣甚盛舉也可無聲詩播之金石頌曰皇矛趙宗嘗在晉國有孤幸存擠者如織帝曰念哉是萬夫特將建殊勲覆露六幕卒存其祀險艱千億昔云托孤猶曰六尺兹焉亡有遺腹是植豈

無忤㠯大命且殛困謀竟售虐心遂熄此為其難委曲
羽翼豈無韓厥卿位侯棘上薄雲天言烏可食外內叶
策則各有職惟嬰之義萬世赫赫歸告九原一死何惜
執禮三年何足酬德矧茲源流真人是出五閏厭亂四
海乃闢垂統千歲周道其直六合廣矣閱歲再百日被
雨露膏潤無極時嬰之庸時嬰之力尸而祝之佐以皦
繹夫尚何言是安是適青陽方中萬彙奮迹牲牷告腯
春酒有羃思公之仁温温如日西顥將半思象悽惻黍

稷告成祠廷載陟思公之義秋霜栗栗象德之音意緒昭白使遇季子維見歷歷侯今之樂風槩可識勁氣堅節介焉如石才愧吉甫鋪敘髣髴

延喜樓冠帶河隴高年頌

唐宏覆海㝢臣妾萬國太宗皇帝之兵有以俘頡利利延陁滅高昌驛回鶻幾踣高麗而强弩之末終不足以振魯縞僅以俟君集一戰之力而和吐蕃元宗鼎盛之日雖西方萬里之遠而一叛一服終不能得其要領乾

元後隴右斂南西山三州七關軍鎮三百所皆失之憲宗嘗覽天下圖見河湟舊封赫然思經畧之而未暇也及敵運之既衰尚恐黷弄兵而吐蕃比於危亡矣於是鳳翔節度使李玭復清水収秦州涇原節度使康季榮復原州取六關靈武節度使李欽取安樂州邠寧節度使張欽緒復蕭關山南西道節度使鄭涯得扶州是歲大中建號之三年也八月乙酉河隴高年千餘見闕下天子為御延喜樓賜冠帶皆解辮易服昔漢宣帝能得

呼韓邪之朝而卒不能得尺寸之地什伍之衆以有之晉劉裕西滅秦東滅燕有以舒華夏之氣而暫得復失皆未足為曠古之功維宣宗值此敵運之衰不勞兵革之用大刷祖宗之恥挽化夷之人而復還中國之衣冠其亦千載之一時也歟而今而後沙州祀父祖之衣服不必復藏也順憲二廟之謚號可以議上也偉矣夫其振世之大烈也歟土地人民之復雖乘吐蕃之弱兵不血刃而紀獨以為吐蕃獻之傳則以為諸節度之力通

鑑所書與傳不殊今以為據頌曰用夏變夷昔人有言天運不息恢若轉圜常與願違弗副而愆故為希濶難遇之年巍巍冠帶聖明所宣中國是尚仁義則兼漢能服從來朝呼韓呼韓至歟金朱吉蠲然而猶曰單于爾專爾地爾民爾其保全越有華衆夷俗乃遷天開大幸既隕腥羶復還古風儼若衣冠是真異事可書之篇唐有吐蕃頑狡莫鐫係纍吾民彼效裘氊子孫以傳敵運既衰不勞中權玭復清水秦州肆連仡仡李榮復州曰

原兵威破竹連取六關李欽勉旃安樂是還欽緒出車
蕭關亦搴終焉鄭涯得扶以旋八月乙酉移御蟬蜎延
喜載臨載撫載憐謂汝中國昔日民編今墮邊地厥心
載悁天開帝歷帝歷綿綿反汝古服懽聲震天懽聲伊
何躋我聖賢聖賢所制帝王則然酬我心曲王化無邊
彼之强敵飛灰滅煙昔我沙州祀其祖先宼服左衽淚
涌若泉今其反初荷澤九乾荷澤九乾有道平平蹕矣
斯舉大筆聯翩播在金石傳之億千

景靈宮頌

廟有寢古也漢之原廟其寢之類歟我真宗章聖皇帝大中祥符紀號之五年戊午靈祖博臨于內宇景貺昭灼十有二月戊辰詔建琳館誕將休嘉若唐太清太史言太微之南天廟十四星仰福帝居宜即巳丙地創之共工鳩役九年五月以落成閒凡七百二十六區既更歷年仁皇出震奉真有殿英宗面離孝嚴紀名元豐鼎新十一殿踵立盇備帝后之奉嚴衣冠之陳矣元符三

年十月甲子復於馳道西游立宮館而神宗所御屹為列首左右角立罔有不虔大典必告首時必饗蓋亦超漢而軼唐矣帝王追遠之心無有窮已渙離萃聚建之廟立之主精神之所憑依祀享之所肅敬猶以為未足也又即儀容之可慕笑貌之可彷若尸之於祭庶幾乎其若存焉繹之於祭庶幾乎其或臨之仰迓靈祖之貺極淵源之所自不苟不倦是非仁孝之純全其孰能與於此哉真皇刱於前累聖繼於後原廟之不逮古太清

之不通今其皆瞠若者予小臣不揆敢叶宫商播之金
石頌曰章聖明明百神受職北來西服五岳偃息叶氣
所薰萬嘉如織乃至靈祖有臨翼翼降祉如茨景貺罔
極神休曷迓棟宇宜植以奉以虔庶幾不忒共工庀官
懋于夙夕殫其壯麗地開天闢仁皇繼照館御敝式承
承自今或顧昭格元豐鼎新欽成以畢徽皇大之右館
角立大報云初款謁無射吉禮既成翠華親即春温秋
霜寒暑來適凡厥四孟罔不降陟汔成典常孝思是力

儀容愓然有若親覿我其庶乎建其萬一帝王之心有欲報德無或窮已方升之日豈無清廟曰祊曰祏精神所憑易言王假渙離萃聚各有所直聖人歎然以為未足載因靈祖景命有僕彪列羣祀虔加肹飾漢之原廟救過不給叔孫一言其事僅亦敬愛所寓止於列辟豈若斯言淵源赫赫唐之太宗歸然以獨天寶之侈何足控擊累聖弗及徒自光迹豈若斯宮本末奕奕國家藏事永閟簡冊純誠不已厥義昭白上不遺本昭穆畢系

小臣作頌播之金石

紹興秘書省觀累朝御製頌

臣仰惟國家休明之運聖聖相承典學不倦聰明冠倫之德緝熙日就之功肆筆摛辭縑冊充牣西清六閣内直紫極森拱萬靈永貽億禩重明繼照鋭精紹述則必聞視相踵有隆不替猶以為未足雲漢之章奎壁之照下徹餝書林之表葢跨經越史而凌躒乎諸子百家使天下英賢預瀛洲之選者獲窺至理之萬一顧不韙歟

高宗皇帝投戈息馬篤意儒術成憲丕謨崇敬不忘乃
紹興紀號之十有四年七月二十有七日祕書省落成
清蹕臨幸乃名羣工俾觀累朝帝藻儒紳武裒濟濟將
將寶軸琅函光采煥發雜沓抃蹈爭先快覩忻所未見
發坎井之陋啓醯雞之覆爰逮萬宇聳聞改聽猗歟盛
哉先漢之君若高祖武皇過沛之歌秋風之詠聞見一
二寂寥希濶既不足道光武明章系隆鼎盛雖尊經崇
儒有光西京東觀仁壽書林炳蔚曾不聞發越前作以

侈觀聽唐文皇之集徒與乎開元四錄肅宗克復以來
日不暇給蔑焉潤色增光之事維我熙朝累聖作於前
高宗述於後以内閣為未足廣之以冊府之儲以寶藏
為未大繼之以崇觀之勝使數百年昭回之光一旦盡
被物表文治熠興羣心知嚮誠復古之丕緒酌祖之大
端顧未有績文王之什作為歌詩揄揚盛際小臣不揆
敬三祓而獻頌曰國家之興叶于五緯奎為文化天扶
其祕重規疊矩出類拔萃錫汝保極達于遐裔猶曰未

足數言是事非文則侈非華足貴發揚隱奥萬物咸被重明繼照傑閣嚴邃龍圖而下盛名聿示曰爾近臣簪纓未戾新爾觀聽改爾瞻視虎拜稽首載舞載企復賜冊府增光于外唯務廣及豈唯寶閟瀛洲之英石渠所萃亦獲蠡測大海之涘此其盛時莫敢少墜中興系隆投戈講藝鼎新書林翬飛凌厲乃勅前驅清蹕臨蒞冠紳弁裻命駕不俟雜沓歡欣開彼蒙昧六合九垓聞風服義過沛之歌秋風下暨寂寥希濶初非極致矧彼復

古東觀大備紹述無聞不幾廢棄文皇彌文列部之四
肅宗倥傯弗窺櫝笥維我列聖瞻前鮮儷堯舜禹湯承
承繼繼煥章重華有光奕世吐辭為經斯文所係六藝
雜沓不知其幾維我高廟知風之自其幸後覺深識本
意遺邇學者莫大之賜小臣作頌金石不替

贊

元祐邇英閣仁宗皇帝御書贊

維天錫無疆大寶命于我有宋惟宋克肖天德藝祖太

宗肇造統一聖聖相承澤流愈深真宗章聖皇帝垂裳九閏登封降禪固已娩隆泰和之盛矣仁宗皇帝重明麗天仁益豐義益熟刑惟恐不措斂惟恐不薄四表九譯之遠肖翹牙甲之微罔不涵泳德化帝心若慊猶為未足訪逮賢才容納忠直片善寸長靡不蒐獵期以永保盈成用傳千億迺慶歷紀號之四年三月己卯御邇英閣聿煥奎章凛遵祖宗而下彪分臚列三十有五事皆保邦之丕範出治之宏綱副以危言終焉顧勸講之臣

度公亮安國洙曰朕觀書之暇取臣僚所言可施於治
者書以為賜度等欽拜嘉錫請釋其義丙戌書成帝指
大者六事付之政地俾施行焉從古帝王蓋未有舍己
從人樂取為善若斯之盛者也肆惟哲宗皇帝厲志紹
述延登老成宰臣大防邇英有請願揭書帷永用監觀
詔音俞焉實元祐六年季春吉日道統一傳若合符節
彼唐太宗俯監人言嘗列屏障或黏殿壁然條目未備
強勉不終僅見於一時又未若前遺後承之莫可及也

宜有儒臣欽述盛際謹昧死賛曰維天啓宋無疆大歴
維宋克肖維天是則聖聖相承先後弗易舍已從人盡
分畛域於皇仁宗維明御極維仁益豐維義益迪信及
豚魚政如金石化成忠厚行葦共測泰運隆古重見赫
奕帝心若慊罔敢自逸俊乂四來忠讜迺繹迺拔其尤
可施於國若曰丕承祖訓是式若奉先業繼守翼翼精
乎六藝尚吾儒術信義益固巧詐不惑或廣視聽或求
静直小人之情俾毋我溺驕盈當戒喜怒當抑逺圖當

講功則無述矜民撫軍片善咸緝三十有五罔由已出終以危言自儆自惕帝詎闕此式揚讜德親洒璇跗經臣特錫度等羅拜厥義請釋六事俾行無厭無斁肆惟哲宗爰登鴻碩頓首有祈施之經幄前遺後承光掩在昔唐宗容納或黏殿壁或列屏障有昌莫述盍若神聖百載若一帝王大經彪分臚列小臣欽贊用播千億

洛書五事圖贊

臣仰惟仁宗皇帝紹休大統克已承天越成洽熙懷讜

履薄罔敢自寧猶思儆切在躬取洛書五事寫以為圖
丕休哉自修之要道飾身之格典也二儀同流人極中
建形色天性咸具至理能者養之各有其則統宗會元
萬目畢振天畀彝倫神禹受之箕子歷陳越為丕矩初
一五行委之自然次則敬用五事蓋人道之始也貌言
視聽內焉心思實一書之領會漢儒考古知德者鮮庶
徵之來孰究厥輿維我仁宗發千古之秘啓不傳之妙
彪分臚列瞭若日星近取諸身先其在我八政而下不

行而至誠為巳之大端立極之奥理也鋪觀國史洪範
政監為卷二十有四出自帝藻殆詳畧之交備本末之
相宣皦厥後英宗皇帝常列洪範于欽明殿之屏重華
繼文遹駿有聲中興館閣書目仁宗御集一百卷圖與
居其一焉度越流畧作宋一經皇乎偉哉小臣斐墨昧
死祇贊贊曰人生兩間萬化紛紜盍執要端無先一身
曰貌固有養之在人厥德為恭暴慢不侵以之作肅罔
有弗欽言從視明聽當遠聞咸適厥理毋汨毋湮妙若

心思中乎天君睿以作聖所造孔深龜文出洛有姒至神具列九疇光明郁紛其樞維何次二所陳反躬之會衆妙之門行政紀疑徵福之分是皆外物殆胡足論有若三德若邇若親猶曰治人朝已之真有若皇極斂福錫民切問近思殆我之因維我仁宗其溫若春請事斯語復禮為仁曰敬曰用陰會默存知言之要懿乎斯文昔馬政監大義若綸皇曰玆詳毋胥以淪爰爲斯圖萬世之珍道不下帶厥效孔殷標曰洛書探厥攸元妙訣

不傳千載一辰厥義維新小臣欽贊并用書紳

武成王十哲蜀丞相諸葛亮贊

唐上元元年尊太公以王爵謚曰武成俾其宗主用武之教如文之宣尼祭典一同樂用軒架復以歴代良將為十哲像坐侍蜀丞相諸葛亮實居第三夫文武之途至唐始岐為二事蓋將肖其形貌施之丹書書之姓氏官爵以昭示後世為永遠觀美此豈苟然哉惟亮身起三顧洽善八陣擇劉氏而事之出師一表皆至公盡誠

之言雖崎嶇蜀漢而其事韙矣其義著矣况用兵行師葢威文節制之流亞足以服孟獲斬王雙仆張命而其既死也猶足以走生仲達屢戰屢勝天不假年巾幗之遺方行而葢棺之事已定夫豈人力之所能及哉侑食𥘉人不可存名則可存身不可固象則可固欽贊以遺武成之庭而配孔門十哲之列宜也夫使後世想其風之億千是可後乎哉後之人入武成之堂瞻諸葛之貌而誦斯贊也其有益於英雄義烈也豈小補乎哉贊曰

漢之季世四海鼎足蜀居其閒尤小而處諸葛用之抗守如欲孟獲崛强七禽以覆仲達勍敵亦畏而服而況他人皆輒敗北節制之師如日之煜不幸天年夭焉如倏使其義襟不振不縟使其英烈不年不禄維唐遴擇以標以録視之十哲威略振俗我肖我貌載尸載祝俾配武成尚論以篤參之羣彥覆以厦屋後世觀之化成自速寫此儀形視之武弊俾之烈烈俾之肅肅俾之想象存其心曲維茲宣聖私之以淑維茲十哲四科之目

示之後世白不日浴令之大柄各司其局一張一弛英才並育以垂永年齊人是告欽贊樂石用昭武塾

真宗皇帝御製内香藥庫詩贊

内香藥庫者古王府也獨以香藥名者不貴異物賤用物也工以備服御之須下以禆經費之闕犀珠磊落粲然溢目梯山航海訖惟人面罔不虔職貢之修盛舟車之湊越自肇造日積月累柴周之所儲嶺蜀之所聚銖收寸藏殆非一日至于我真宗章聖皇帝之年蓋二十

有八庫焉維帝緝熙唐文形之篇什字為一室之標親灑璇踔肆筆成書金榜昭揭下被萬古雲漢成章夫豈徒然哉由盛帝明良之歌若三侯之章秋風之什見于載籍者不可屢數求其克勤小物無一之或遺若我真宗章聖皇帝者蓋千萬世不一見也其事不見國史獨夢得石林燕語存其梗槩而歲不具焉容光必照日月之輝已小臣敬贊盛德之萬一贊曰皇家之興五緯若繩若繩貫珠降婁是明降婁何職比于東壁文物之占

天意歷歷累聖承承宸章方增九閣垂象貞皇最稱汗牛充棟其書總總克勤小物罔不鼓動王府在周遺規可求服御是供一職以修冠以香藥其名何作不貴異物厥義坦若四七其門臚列彪分扁以宸章理則具存維玉至寶及他玩好玆焉是藏儲之於早亦有南琛四方同文訖惟人面職貢繽紛旁暨良藥痒痾可却犀象之齒擢犀之角罔不粲然溢乎後先標以唐文相映相鮮是謂玉食以奉惟辟冢宰不會宏哉九式叶于四聲

七字一精柏梁之餘肆筆而成如彼列宿麗天昱昱揭
示萬世漢將之目聖作爛焉永示萬年

神宗皇帝御製祭狄青文贊

寶元康定間羌動銀夏時以偃戈之久戎倫小有未諳
諸將折北不支獨狄青起行伍搴旗摧鋒擅百勝之威
名振青海羌既知困有稱藩來王之漸仁宗神文皇帝
用釋西顧之慮而青之名字簡在宸心至命繪者圖之
丹青貌其體肖為圖來上以快鼓鼙之思我神宗皇帝

憤西北二敵未汔歸者遽興頗牧之思嗟九京之不可作親御綈几雲漢之章追酹忠魂華衮之褒五色下被烈士知勸懦夫可激而立也夫一介之善不惟見用當時猶使後世明主起當饋之歎其風烈言言真可尚也裦飾厥文敬贊下方小臣其敢辭贊曰蠢爾四裔曷為之備必也虎士戎容曁曁功見於先後王惕焉宜有裦褒被之九原昔者我國有戎西極敢曰叛渙稱爾矛戟厲其一時武臣小熙赳赳烈將折北不支狄青乃出掮

軀効力所向無前踏賀蘭石當宁載洛丹青其儀其儀
鷹揚登于天墀烈烈神廟如日之瞰憤彼叛涣期至天
討思力及臣迺拊忠魂親搞宸藻見之唐文唐文偉已
壯士增氣至于懦夫亦有立志頹敎是思古則有之不
聞親作下被昭回帝王有製意各有為厥意若何漢封
樂毅黄金築臺英士聿來意之所見囿不宏哉維青良
將帝所嘉尚英魄如在倘其肸蠁氣吞驕戎事昭雋功
百世之下凛焉清風宸章衆矣是豈其最小臣欽贊以

錐測地

損齋記贊

臣仰惟高宗皇帝身濟大業息馬論道治符昌泰不自滿假永惟中興以來勞來安集無所不用其至猶懼一夫不獲其所載惟益下之方殆莫要于克己乃闢齋居名之曰損一切屏去聲色翫好聖經信史終日紬繹復攄帝藻發揚聖蘊寫之琬琰以自儆切迺紹興紀號之二十有八載仲冬之月權吏部尚書臣允中造膝有請

顒攄盛旨播之詔告以幸天下王音俞焉爰因斯文徧
賚僚辟外及賜履持節之臣璇踦所覩庸秘册府羣情
懽感咸仰盛德丕赫哉保治之宏模帝王之盛節也損
之義大矣爻象十翼三陳九卦反覆明辨厥理淵微帝
心獨得聖不自居休稱揭厲緝熙光明有隆不替修身
及家平均天下見之事業不一而足統垂千歲業畀萬
禩聖子神孫累世一轍恭儉是保益迓平康前遺後述
亶其盛哉小臣不揆作為聲詩欽述盛際仰依樂石之

未光謹昧死贊曰若稽古初博考載籍義理之會無過大易卦六十四損居其一三陳反覆曰修于德於皇高宗系隆炎歷廟謨雄斷大業再植投戈息馬索隱探賾盛治日隆泰和爲弈不以既濟忘其儆惕爰究爰討是法是則皇心闡幽齋室以闢一切屏去翫好聲色曰經曰史是崇是式萬幾多暇燕閒恭默朝斯夕斯不外一室迺推聖意發之翰墨雲漢昭回襲六爲七寫之琬琰大書深刻寔曰自省豈欲外覩二十八禩中冬之律臣

曰允中言發造膝帝曰俞哉賚爾百辟外建持節十連
方伯欽拜嘉錫浹于肺臆璇䟦所親冊府是錫猗歟斯
文自克自抑垂諸無窮布在方策聖子神孫恭儉千億
揆厥攸元貽謀歴歴小臣欽贊副于樂石

靈巖集卷六

宋 唐士恥 撰

箴

太昊九庖箴

太昊氏以神明之姿膺木德之運治隆中古氣化日開君臣之義上承人皇爰始名官河圖效靈以龍為紀五職分掌歷歷維見凡斯民生養之具厥既日詳上古淳龎人昧火化茹毛飲血未有厥理粤有燧人鑽木教民

民以大悅太昊因之結繩佃漁網罟興詠既極搜取之道又立九庖之官以廣亨治之制鼎刃範金割斷燔炙諒焉畢備號别庖犧厥義彰著以祭以祀以燕以饗禮法之始然葦籥蕢桴迺靡靡桑濮之原茅茨土鉶實象箸章華之漸雖上聖立制毋容過侈彼飲食大欲中人易移懼末流不能自反苟非建度設則具維厥中則他日之敝何止貪涼之殊哉三墳之亡久矣建官之略迺見於崔寔政論曾未有飭文之士追補古作者敢為之

箴 按箴詞原本不載無別本校補姑仍其闕

黃帝陶正箴

黃帝以上聖之資膺土德之運治隆中古氣化日開紀瑞名官上承羲農縉雲之類五職具焉風后力牧常先大鴻之徒布列左右既不一而足越有甯封寔司陶正夫合土之化其來上矣土鼓蕢桴載仰前哲正名百物明民共財禮教日備或鉶或簠或尊或罍以飲以食以燕以饗凡百器用所仰寔繁神知創物物有其則毋寧

過侈火土之用交適厥理百工信度敢不虔守道揆所繇則自明主三墳之書久矣不傳史遷紀首莫詳厥載設官之略獨見于列仙傳之文是用追裒大槩以補亡逸若虞人之作者箴曰上古鴻荒民未克知五行之用孰其啟之曰鼓曰桴合土是基疏仡之紀黃序題期氣化日開百里具依廼制器用廼服裳衣以瑞紀官上承農羲風后之徒左右表儀下洎陶正甯封庀司工則信度罔敢或違明民共財禮教無虧或鉶或簋或尊或彝

爰節爾火旁羅之宜叶諸日用飲食具施以祭以祀允叶禋戚以燕以饗九譯航梯至德無濫大公無私矧惟一器一官之師胡足控揣上裨黈垂臣所枉慮人欲無涯或者蚩蚩象箸玉杯前王之式法制可推毋廣毋增侈源易開必理必義迺𠬪迺為物各有則毋縱詭隨有虞上陶我古是稽周命閼父載踵成規不奢不陋萬祀咸歸小臣之愚敢告司塀

諫院箴

有唐設有門下中書兩省角立散騎常侍諫議大夫補闕拾遺並置左右蓋古七人之列中更五閏我朝因仍名同實變雖云諫官必俟別勑然後言事盍簪之地闕焉棟宇元年七月辛卯用陳執中之請爰始庀局元豐改制舊貫不易紹興復古不隸兩省弗自滿假累聖日新避矣夫且言則在人聽則自己求善之心切則讜直為忠諷感為愛涓埃不損山崇海浹苟懷自是之念則惻怛為彊聒深切為謗訕君門九重奚翅萬里臣等謏

陋誤承恩華開以攖鱗之幸顧盛德大業何間之可言
然而萬有一焉敢晉惓惓之愚箴曰官以諫名日造昕
庭涓流纖埃逆鱗俾攖是曰言責盡效讜直矧惟聖王
是拔是識恩若岳山報焉寔難其敢嘿嘿以曠厥官乃
若睿哲盛德大業振蕩耳目光明煜爚內有經帷唐虞
是稽外有鼎臣稷契上追動無過舉事隆前古雖欲稱
塞莫識端緒小臣深思殫極千愚萬分有一慮之於無
防微杜細禁於其未愛君之誠恒焉深至此心苟虛人

言則娛非出勉强無閒負芻刈臣言職曰侍文石庶乎

有補敢告執戟

編定書籍官箴

國家因唐並列三館宏文集賢洎史鼎分崇文總焉元

豐定制秘書有省建炎以来簡陋弗宏迄紹興十四年

輪奐一新七月十三日用政和故事命禮部侍郎臣熺

提舉秘書省鑄印庀局焉明年閏十一月二十六日復

詔校書郎沈介正字湯思退充編定書籍官庸以右文

稽古蒐闕遺焉緜乾元四部世道日降屢從寇煬五閏
弗皇崇文有目亶號略舉兹焉紛攘投戈息馬不忘搜
輯昭昭設官之意一時膺是選者不聞將順之作以烜
耀来嗣是敢追為之箴按此下當有箴詞永樂大典原闕

三司使箴

臣仰惟國家肇造以来累聖相承一意拊循未遑變革
名官庀職姑用前此三司一使實曰計相位亞宰輔職
總出入鹽鐵度支洎夫户部曹局彪列事殷業碩理財

富民其責甚大夫民部地官有唐初政權重事壹中更鼎盛侈心四出是裂常度使民紛然民力用殫國勢日困加以變故莫之能復茲焉三司乃其末流宜若明王深監前車然一使獨總列曹詳分賦無不入用無不闕

聖神在上安人裕國罔有闕事彼夫秦列九卿漢實用之西都之季尚書肇立唐為百僚之冠精神運動制之在人人存政舉法守維末敬衷祖宗故實追為之箴曰

民生林林衣食是資邦國設張征賦爰施軍賓祭祀下

逮百為非財不濟非官莫幾權儻不一孰謹細微周之
冢宰纖髮具稽漢則大農財柄獨持唐建民曹周漢是
推夫何中葉使領睽睽加以多故成憲莫追五閏長興
如定三司真人啓歷姑用前規累世遵承未皇丕釐百
王之末適丁其時在昔古先山澤共之今焉在官搉筦
弗私在昔古先養兵未滋今焉百萬仰哺莫違尚賴神
聖共儉天姿緹衣革舄土階茅茨克己厚下少濟無涯
臣竊願言塵露仰裨中古以降淺陋弗思民不致養富

自頭箕劉晏小臣取予乃知生衆為疾本原丕丕道揆
所由九重永惟臣職計領敢告司墀

左右補闕拾遺箴

惟我有宋中興二葉之天子承休襲明年浹三登治功
日新弗自滿假兢業萬幾猶懼有闕乃因從臣造膝有
請兩掖常員之外增置左右補闕拾遺慎簡直諒以自
儆切丕休哉真保治宏模帝王大烈也臣切惟古者七
人之列成周保氏之掌兩都大夫之建李唐兩掖之員

皆主於正救王者以補衮之闕至出於治定功成之日
庸以儆戒無虞謹終如始則未有我孝宗皇帝之德之
懿者也矧惟五季之陋二官名存而實亡太宗皇帝既
一新之克已厲精之意燦然可復元豐六典恪仍舊貫
蹇諤鯁亮初非有乏明詔之頒宸衷所向欽戒不已炳
炳如丹有君如此則與是選者當何如其報稱是敢追
為之箴曰唐建兩省近峙北門貂騎諫坡先治一身遺
補肇立越自後人五閏倥偬斯道日堙國初之制未免

仍因端拱慨然官名聿新元豐六典是守是遵累世同
歸逮我聖神極治有成升平三登純亦不已罙戒罙欽
增建斯官貴毋慆淫寧侯昌言澤乃下民聖意所嚮盛
德莫倫明以益明知臨大君計效于後玉振一均顧臣
之徽乃當選掄靡捐踵頂報稱莫伸其敢緘默囁嚅因
循以為至重土苴功勳版圖當復大義當申苟其弗釋
膠擾紛紜毋速毋晝用之不勤妙道所在歷歷嚴宸臣
愚尠炳蠡測溟津狂斐一言執戟攸聞

著作省箴

著作省者典午氏之制也維典午氏中書有省秘書亦有省著作之局嘗係中書而終不係也亦嘗係秘書而秘書之省所不可一也起於魏明帝太和中置著作郎至晉則大著作郎一人佐著作郎八人此其所以有省也葢有官斯有省也著作省者亦因中書秘書而得名也省之爲名清禁之宇也西都則班固所謂金馬著作之廷東都則有劉珍等所謂著作東觀之職而未有專

郎也至魏則有之夫古者左右史職司言動古人謂其權重宰相古史之猶可考者尚書春秋是也所以起人主之敬心也夫人主居四海之上而名義不足以懼之則亦荒矣此古人之所甚畏也此著作省之所由立也敢因是義用為之箴曰眇躬獨立九重之上欲以運動天下如掌疑丞雖立輔弼雖訪一念之間或聖或罔不使有懼心其自放何以經緯何以規創名義苟存必無跌宕乃置史官左右如相言動必書賢否可狀使之萬

世可知無誑著作有郎此意可想史官之餘史官之彷
兹焉所居曰省可仰使之近君纖芥必當豈獨簪筆浮
辭是尚黼黻文章高明有抗明君臨兹視儀聽唱不待
書之執簡偉壯懼心長存於背自盍敢告執戟九陛所
向
統押近界諸蠻西山八國雲南安撫使箴
帝皐以明敏之姿膺方面之寄善撫諸蠻貞元間唐方
以吐蕃為患而皐得蠻之懽心足以散强虜之締交合

黨且能使之反與為敵以是遂受唐朝統押安撫之職夫夷狄亦人也貪者能使之甚惡廉者能使之甚敬不善者能使之甚怒善者能使之甚宜彼亦趨利避害耳初無甚高難見之事也夫其甚敬韋皐者有以也夫夫其甚宜韋皐者有以也夫則皐之受是任也不為忝矣然才在一世用之者人主也使讒者得以間之不肖者得以奪之則雖百皐亦末如之何矣此則造命廊廟之上者之責也所謂西山八國者豈皐傳所載西山羌女

訶陵南水白狗逋租弱水清遠八國酋長皆因阜請入
朝者邪不知八國名號之詳姑即其理以為之箴曰唐
撫中夏吐蕃在西乃詔其屬蠻與詔夷古昔要術結者
使攜以此制人百用不隳所難及者致此者誰必得其
才多成闊希有韋者阜彼何人斯可以撫蠻使之實來
用堅南詔強虜可摧成效昭昭吐蕃以披信否兩端我
則未知是在人主察幽鑒微讒者言勝吾未如之雖有
百阜將安所施此理易達三尺小兒之所能見之所能

爲第恐目睫不能近稽愚者千慮敢告司塀敢告司塀

清聽具依

銘

漢隨月樂器銘

有漢上承百王順天導和鴻祚中復三宮質文月令以班時律以審建初二年七月太常樂丞鮑鄴言食舉用樂未應月均車騎將軍馬防宏議顧因歲首發太簇之律卒以費廣五年冬晷施行馬適陽嘉建號之二年十

月庚午臨饗辟雍聿奏應鐘各隨月律大宏樂器宣犕用雅志也維天運乎上斗杓左旋氣則應之律呂殊焉黃帝正名推分星次管十有二允協鳳鳴咸池雲門召和明時帝王因之漢興未遑建武以来儒術盛行孫謀詒遠爰備爰舉想其追琢範模下逮革木百工所為八音克諧清濁高下吻若符契着耳入心不鬱不紊誠酌祖大端宏化要道也敬為之銘銘曰八音攸興有濁有清上覆下載既和且平聖王酌此律呂互舉象天之時

十二辰次斗杓指寅萬彙欲申因物之震太簇推仁未可枚數分彪列臚不紊其常一氣以御三雍召和東京不頗靈臺列門賁以吟哦曷謂樂器闕焉未備建初閶端陽嘉紹志有琢有磨範金若何椅桐梓漆琴瑟以和合止柷敔鼙纖鼓巨笙竽洎塤曰匏曰土以祀以賓不鬱不淫庶幾免焉愆陽伏陰繄政之善太和新闓敬用銘書揭示遙遠

高麗貢日本車銘

高麗蓋箕子之國在祖宗時不憚航海之勞屢奏一介
之使著在王版可覆也元豐紀號之三年柳洪朴寅先
實来篚幣之列有日本國車一乘其行人私於大鴻臚
曰諸侯而貢車服誠知非禮本國主之意止欲上國見
日本工拙詔嘉納焉肅慎貢矢古蓋有之汲冢周書會
同解白州北閭伐以為車終行不敗猶在王者之庭然
則尚已愛敬之至必以其平昔所歆異以為之獻食芹
負暄曾何足道而猶以白其向上之誠心而况車乎登

于菉幣藏在王府永詒来禩蓋曰是元豐三年高麗所貢
日本車是可無銘銘曰中國之車其作有初轉蓬之形
理不可誣厚積不敗大易斯載為輿者坤含宏無外君
子居之旂服允宜考工有記獨詳所為是皆華制有典
無貳豈若是車出於夷裔厥裔伊何三韓之家鄰境曰
本足眦足夸其旨奚若禮義不作充庭之次庶明遠略
後嗣覯焉知敬其先其先濬哲職貢閴闐車雖微物来
意可挹皇心拊爾歸于一德熙寧之年帝仁如天丕冒

海隅不遺不徧藏之王府自我作古爰勒銀書曰宣萬
禩

景鐘銘

臣恭惟高宗皇帝以神聖之資紹隆大業欽祀不已見
之具樂紹興建號之十有六年十月二日爰御射殿命
召臣工出新造景鐘示焉丕休哉饗帝之偉器也鐘之
用尚矣黄帝有作厥數則五舜命后夔笙鏞以間周家
大備則為十二漢列五樂用之二至唐叩隋鐘旋宫以

用維以高宗身濟大業具舉百度稽大晟之法周景祐
之尺九九成數設之紫壇盥而未薦特先衆樂以召陽
和足以對天宏休為時顯光想其柴燎欲興午階將陟
鏗鍧之聲越乎物表帝臨祇妥黃鐘應焉小臣竊聞萬
一斯器之作休銘既勒敬賡前作以述盛際銘曰於赫
中興治登休明靈臺偃伯爰洗甲兵奠安無外橫流叶
氣黍稷有馨是能饗帝爰熙紫壇肸蠁妥安廣樂所述
大晟不刊殷薦初恪衆樂未作曷名和氣匪商匪角迺

命尚方金齊必良鍊玉和之厥音允臧大冶告備臣工聿莅拭目縈觀實見所未歷歷休銘適駿有聲皇心是宣一純二精越在黃序厥鐘則五西獨曰景厥義有取我其法之名則昭垂傳至萬年永接神釐八音之冠午揩恪儼小臣賡銘昭示遥遠

禮神玉銘

臣仰惟仁宗皇帝皇祐紀元之明年肇修春秋大饗之典縟文具張事求厥至宰臣彥博言禮神玉久闕弗備

今茲盛容所宜詳講玉音俞焉迺命攸司稽古藝傳一新制作必周必虔誠意所加天休自至于闐式貢雜沓于玉府追琢考成光溢羣目圭邸鼎列蒸栗連采黝璜殊尤協于三方凡茲九罷將美于周六天二地曁夫靈祖罔不顧歆永鎮頌臺典祀億千於戲休哉臣竊惟聖明歸敬覆載以牲牷幣帛為未足爰取至寶以酬莫稱之德大小有度隆殺有制周官宗伯職掌貽明漢之瑄玉迺罔攸述李唐盛際唯存燔玉自非神聖盛德有孚

純誠昭格何以来遠夷之獻備大報之用允昇無疆之
休若是其烈哉臣不自揆度敢敬述盛際銘曰昔者聖
人明天察地歲時展事厥禮大備全腯惟牲奠獻則幣
欲報之德嗛若未至乃薦幣玉越有等配皇皇四刻恪
恭上帝厚示所臨既去其二五方之用爰象厥氣周官
宗伯職掌攸係仁宗御極四表樂諠爰舉大享季秋肆
類有物必虔乃究乃肄宰臣彥博膚請斯器闊典肇修
玉音載惠乃命攸司蒐于寶秘天休自啓于閩之使雜

沓玉府遴擇其懿圭邸鼎立黃琮兩洎色隨方兆黝璜尤粹追琢告成先溢櫝笥匪天盡開孚尹傑異匪聖盡成郁郁熙事先漢瑄玉何足控揣小臣勒銘用垂永禩

元豐大裘銘

維我宋六葉天子操能致之資嗣重熙之運稽經諏儒鼎新百度恭視古初越惟天郊久從合祭累聖急民未皇變革元豐建號之初載命樞密直學士臣襄領袖博雅討論文獻越六年仲冬端午之辰日更初軌躬祀圓

丘乃罷地示附祭之儀始服大裘易古繒製被以衮冕破千古之誣陋掃諸儒之異同弗可尚已維古斯裘服盛不裼爰比元德輿焉中立彌文外彰華衮以充周官互見陋儒罔考不襲不旒背理傷道莫此為甚自非神聖卓然不惑其何以上追治古之隆叶質文之中哉小臣不揆敬祓文字欽述盛際銘曰昔者盛治制法經邦圜丘展儀精純上當何以示質大裘弗彰何以象天華卷有光一素一裏彬彬治昌司服互見陋儒弗詳不襲

不旒理背道傷獨褻罔衣毋迺大荒纔無繁露盡事彼蒼是皆大謬久未斥攘於赫神祖奮發乾剛蠱飾鼎新制度紀綱曰維郊廟命爾臣襄中討本原必諦必臧合袪既革文物煌煌爰頒明旨織室尚方不斧其飾不綵其旁膏濡緻密忻惕傍徨乃易繪製不表而藏升龍備冕對越顒昂德產精微物亦發揚辟彼陶匏卽或設皇采就以絢膏秸以康文質之中庶答溥將期詒千億毋易毋忘銘以識之厥理斯長

鐐狄銘

鐐狄者曹魏景福殿所成也維魏奄有綿區德威所曁罔敢不服然有象古人之軒昂命良金而模範置之翠華之宇以威遠裔以示神聖想夫良工思其形模大冶鼓其鎔液既告厥成坐之高門之下顒顒偉偉四方之来觀者罔不生懾服之心維漢承秦金人十二越在禁户兹焉景福實用故比夫秦人銷鋒鏑以成金狄魏人成鐐狄以示遠人秦幾於强之而魏則思其自服此其

大槩之不同者何晏所賦謂爰有遐狄鐐質輪囷置高門之側堂彰聖主之威神蓋得之矣爾雅有之鐐者銀之美者也是以中金之上品成其鎔範之質云考之李善之注許昌之宫成於明帝之六年則是殿也其亦成於此時也即銘曰天生五材誰能去兵秦欲矯之銷鋒以成金人十二列在外扃曹魏鑒焉亦肖狄形厥狄伊何僑如弟兄冶鐐象之景福屏榮以威四裔以服大鯨想其良工思慮經營合土為範巨爐晶熒中金上品迺

鼓乃亨去其湛濁存其潔清一歸良模豪髮如生迺置高門高入杳冥以象遐人梯航遠征或用金革終歸大庭以彰聖神以示威靈四方来觀懾焉以寧何晏能賦厥聲以宏具述委折中意自呈鋪張揚厲我則載賡然而古人明戒崢嶸自治苟生天道不爭無思弗服有往必傾訖惟人面屏氣以升偉哉鐐狄用勒休銘

陳瑞席銘

有唐治隆縟儀備舉文物彬彬輝煥一時五禘三祫厥

為大祀昭穆麥序祧遷與馮神靈翕合爰極敬慕越因
瑞藏陳於太階之西上者居前以次畢列北面西上俱
藉以席太常有卿天府是掌太廟有令帥屬以設具見
於正史禮樂等志考其深旨欲俾子孫念德不忘祈天
永命則是席之設不其蹤與古人制作之意其不苟也
如此漢之世宗天休滋至播之樂歌用薦郊廟永詒千
億事異意同維昔哲王席之四端莫不著戒具在禮傳
戴德所述矧滋蕆儀嚴在清廟其可無銘用飾厥文仰

續古作銘曰皇天眷命有唐立極殊休奇祥不謁而獲
乾符坤珍上昭下格微若動植具應盛德或致於庭或
會於籍藏之頌臺固若金石以祈以求以實以匵珍牒
屢書先掩疇昔爰有大祀五禘三祫昭穆畢萃祧遷合
食恪哉孝思神靈翕合迺陳乃奠藉之以席上瑞前列
以次而直太階之西其向則北用貽孫謀永念先則惟
天無私元命盍得紛至沓來非求以力前王制儀亦豈
苟作犧牲在列馨香非稷齊明盛服肅肅降陟爾奉爾

虔爾瞻爾覩曾孫思之永保宗祏用重物薄輝華爲奕漢瑞作歌郊廟翼翼事殊意同均詒千億非侈非張非汰非斥赫赫昭昭自可不抑列之在目庶爾無斁銘以識之庸遂鋪繹

隆鼐銘

我宋八葉天子接千載之統膺四海之籍迺崇寧建號之三載仲春之月用隱士魏漢津言備百物之象爰鑄九鼎四年季春大冶告成詒度地中太一宮之南建殿

奉焉名曰九成宫外接方維中央之鼎實曰帝鼒祭以土王之日量幣宮簴庸接神釐季秋二十日訖用禮成翌日翠華親蒞政和六年仲冬五日詔易厥名是曰隆鼒丕休哉升平之盛儀也鼎之為器尚矣禹平水土合九牧之金模寫物象以前民用炎漢盛時遐想歆慕武宣顯宗僅有所獲猶以烜赫當世帝也撫運重熙爰舉縟典上規神禹度越兩都鉅鼎成模永昇來世矧惟是器實居其中特殊休號名之曰鼒實一時偉觀崇寧元

祀十月十八日嘗勒休銘以示不朽小臣不揆仰賡聖作銘曰天象昭垂其較可知大角之星鼎象是依矧在大易卦探厥賾取新之義維見歷歷法天稽經實在聖明秦帝以降各異其名曰神曰寶理則可考象應九州作於有道我宋當天仁豐義恬聖以繼聖至治日宣崇寧三禩百度具舉逸民漢津欲議詡詡爰啓縟儀神禹上追偉器有作棟宇翬飛其中曰鼐八方所會特異厥名其旨有在政和易稱斯意益明永鎮神宇不撓不仰

先漢歆豔乃今創見小臣勒銘揭示遙遠

唐京衛旗銘

有唐治隆盛容寢威輝煌一時物有其義萬乘尊嚴儀典具設居衙行駕肅恭儼恪粤維元至朝會臣裔暨夫郊丘大駕鹵簿武士勾陳衛有十六自麟旗而下悉加繪事奇禽異獸庸示嚴猛名殊數術不一而足然動靜異宜顯藏異用明主有作情文不稱京衛和平惟畫蹲立韜伏不曜爰象厥事若夫行幸則以飛走尚書庫部

夏官庀司具見于正史百官志其事雖不起於帝王要亦德車結旌之義漢之鸞旗師古並載邈無異制比之褊也是宜祓飾厥文以繼游儀嘉量之銘銘曰永維黃序始建五旗鷹鳶之象庸示厥威周旗則九各有等衰龍虎龜隼獸寓方維漢儒集記鳴鳶貅貔未詳厥由意則可推視前所遇咸適其宜使知儆備毋蹈於危千載而下有唐蕆儀元至會朝遠及裔夷不表尊嚴武備則虧郊丘大祀清道前馳千乘萬騎豹尾後隨不極儼恪

我敬則微衛有十六力建熊羆何以表揭赫然有持殊禽異獸繪事爰施其元伊何麟之師師或兕或駿或鳳或犀不一而足各有所依四海無波京衛平時迺蹲迺立不走不飛譬諸德車結旌不綏顯藏異用古道可追若曰行幸厥尚則移辨其動靜駕部庀司昔漢前鑾混淆實非儒碩申討吻合先知事異禮殊非我之私比周嘉量爰勒銘詩

鳳葆鼓銘

唐德宇宏遠徧覆海内訖惟人面囬不来王越有驃國生聚西南多閱星霜未遂梯航之願聞南詔之欵塞悠然興慕義之心其王雍羌介南詔行李之来附獻南國之樂達之劍南西川節度使韋臯因之作南詔奉聖樂其龜茲部樂器有鼓鼓有羽葆用瑞圖之說棲以鳳凰夫十部有樂類出夷裔用之燕饗昔尚聞之然未有如斯之器有其飾飾有其義者也周官之遺考工有記梓人有官筍簴雕琢之飾不聞徵類今茲鼓葆棲鳳抑亦

其遺意也與且器不苟作作不苟飾抑皐之所自創與豈驃之所固有而皐因之與是皆未可知也器必有銘銘曰樂之為器羽葆其飾鉦金之徒孔雀奮翼鐃之與鐸翔鷺振臆掆之頂足此族盈百豈獨斯鼓無以昭赫丹穴有鳳九采如織善覽德輝其来弗亟在昔姚虞簫韶和懌能格此瑞来儀奕奕瑞圖有言其言可識惠然集鼓和鳴不息奉聖之樂此義是即維兹革木厥音孔碩明主聽焉將臣之績聲冠夷樂始作有繹其飾稱兮

文章五色正元有道南詔来格所獻者樂光華簡冊驃
國創為事關重譯韋皐覽之笑言啞啞想其在廷我考
我擊葆則震動如翔如革彼器之末其意可摭鳳實四
靈何止文翟為祥實巨有冠於歷今茲集鼓彷象在昔
我其勒銘永詔千億

靈巖集卷七

宋　唐士恥　撰

啓

謝許寺丞薦舉啓

伏蒙台慈舉某堪充改官親民任使者脩見師之摯方懼譴訶賜踰衮之襃遽蒙特達豈有先容之助過叨國士之知撫已凌兢荷恩深厚竊以凡物之創在理實難矧惟文銓每重薦主五星同照是為希闊之符一鶚爭

飛庶啓聯翩之翼倘非際會曷自權輿伏念某徒讀父書素卑天質議墨飲之罰每切自憐塗金根之車政恐不免僅以門調玷於士流濫簿書朱墨之官無毫髮尋常之效遲留初秩冒昧理曹蔽芾甘棠兩閲春風之至闌干苜蓿僅爭曉日之明青山無爽氣之招綠水乏芳蓮之映玩歲何補捫心有慙屬寸進之無階效竽吹而自售囁嚅稟露循省悸忪曾不踰頃刻之間殆將出祈望之表在古間見於今絕無至於假借之辭尤匪愚庸

之分念堂構箕裘之際實薰猶冠履之如益遠青氈但嗟白髮食蘗自厲理所當然刻舟以求心切内省惟雞鳴狗盗有時而可用而牛溲馬勃無物之不儲載念包荒審知易事玆藎伏遇某官斯文宗主吾黨歸依廣厦萬間自俱驩於芘士采葑一節無求備於使人雖在凡才亦歸大冶某敢不千能磨琢十駕駑駘詩禮過庭敢遽忘於手澤簠簋示戒當益謹於官箴力持一曲之愚祈盡半生之職下殫勉强上答眷知感荷徽誠倍萬常

品

通卓倉使啓

伏以仰切萬閭之覆露瞻望六條俯憐一椽之塵埃典司五聽顧小己豈敢弗勉在大賢何所不容依瞻二天勤拳尺牘恭惟某官閩山秀孕漢傳流長黄鍾大吕之洪音合登清廟干將莫耶之利器屢解盤根自高掇於儒科雅横蜚於膴仕西山爽氣一歸拄頰之英南紀鳴弦兩顯字民之效怵然譽處焕若褒嘉入司路鼓之朝

載正磬宗之簿萬樞宻勿爰資筆削之功歷試盤還更
攬澄清之轡報政五月歸心百城褰幃凜凜於古人衣
繡亭亭於今日摘茗裕國而民不困籲稟平糴而食有
餘初花大庾之梅繼餞揚瀾之鴈鑄一牧之鼎旁周紫
萍翠竹之珍排九閶之雲豈特季秋明堂之計倍粲斗
牛之域行輝輔弼之躔某不學面墻問因竊食春風棠
舍素知畫地刻木之箴朝日蓿盤恪守食蘗飲氷之戒
坐閱暑寒之屢變曾何毫髪之萬分水鏡在前豈刻畫

無鹽之可掩溲勃並蓄庶濫冒吹竽之少安夙聞登車握節之期徒切望塵掃門之願惟拜木揖金之伊邇徒瞻山仰斗之彌深

上許寺丞啓

伏以延首李膺之門每懷歆豔妄意孔融之表敢後歸投刾良師並蓄豈惟芝桂之儲而君子易事不責菲葑之備曲致恍恂之禱仰祈特達之知伏念某腐櫟散材為褎泠裔聚螢映雪寒暑弗愉磨鈍策駑居諸坐閲曩

緣芘蔭常領簿書三年罔著於微勞九品尚名於初秩懵不自度冒為此来鞠草圜扉徒竭哀矜之念面墻觸事猶虞刻畫之嗟行將知蘧子之非誰復有何武之薦念夔扇因安石而頓售角巾由林宗而反妍物有甚微假人以重士之求進在理亦然倘少紓寒谷之吹庶以增凡馬之價至於晚進之慕先覺小學之宗大賢剖膽及心如水赴壑恭惟某官受時間氣為世宗英天下四泰山凡物待其同濟胷中九雲夢於人何所不容雖在

冥愚尚蒙矜體與其進與其潔備見於教誨啓迪之間不為怯不為貪每獲於顛沛困頓之頃載惟先世素相知心季札不忘於徐君諒抗薄雲之義燕昭能容於郭隗自捐躍冶之疑拳拳寸進之祈汲汲一愚之録微誠頌禱倍萬等倫

代人通劉教啓

恭審光膺詔旨榮領師儒薌細杏壇陡覺東風之透陰成槐市行當北路之舒暮春歸尼父之門泮水泱魯侯

之澤幸哉小子首以忱辭恭惟某官藜照洽聞金刀顯
胄名山蠟屐何須想像於興公巨浸仙槎豈復低回於
盧肇筆下瀾翻於鋪敘胸中融結於高深共惟八采之
才登高能賦獨立千英之表首善峩冠擬辜入仕之絲
蠶叢摘髭之第三年海角獨手鸞棲晝嗟矮屋之居竟
大徽官之綰蠹魚與版肯容小吏之姦林竹吟音共喜
同僚之雋聲徹鄭鄉之井最聞魏闕之書且江河淮濟
之流畢輸溟渤而禮樂詩書之習遠自賢關民足且知

仕優而學用移駿軌以遂雅懷與其州縣之塵勞孰若聖賢之景慕矧此烏傷之壤上當須女之虛流風猶接於老成多士爭期於修習雍容函丈鼎新書帶之青娩娩牙籤豫悅經帷之絳當此比賢之歲式瞻有德之旌惟咫尺於漢京矧翩聯於越嶠笑沈祠之在右寧袁扇之自高表表圭璋必嚴廓之登顯耽耽館學寧弱水之阻修不待席溫佇看詔下其寒生故裔小己脩途雖知名教之可從尚媿駑才之難勉囊錐淬厲終無百鍊之

姿鼔篋希徽繆脫一囊之穎茲聞風而慕悅將望履以
趨承假斯騈儷之二三述此藴藏之萬一尚時稽於律
呂益無間於寢饔其為跂望之誠罔盡語言之末
代人通桂陽趙守啓
居露冕吹鐃之貴方優游凝寢之香當紅蓮緑水之時
敢儌晩看山之笏顧厚責何堪於小己幸徽心儻察於
大賢茲其處事之初敢曰襞牋之怠恭惟某官相門巍
冑潢派英流掄魁冠多士之塲材猷傑特貴戚度常卿

之表龜鼎尊安即其先世之所由見此名流之自出矧其昆玉卓爾菁英知奕德之不衰亦純忠之有繼曩登膴仕寖著英聲雍容琳館之閑領護嵩神之峻談笑青油之幕裴回緹屏之車貳政玉谿追懷棠愛茲剖符於千里既班政於雙旌雨滴蕭騷應帶湘江之韻雪花點綴既多桂管之冬物得其平氣從而適即歸華貫佇走置郵入踐青氊先持紫槖某孤根冷甚綿力苶焉膏火種文僅成飲墨簿書了事既作看朱每知守乎曲謹小

廡乃自墮乎畫地刻木雖中心之必勉然五聽之實難
念昔先君嘗預丞相遺簪之舊越惟長樂葢蒙需章一
鶚之飛在某黨緣亦為際幸昔承鸞枳乃在一門茲望
朱轓非趣二派尚縣條教可遂僥踰

通羅守啓

恭審輟自廷平出臨江介萱堂壽母肩差榮畢之流雁
序袞衣足接皐夔之里人服聲猷之表家傳經濟之諳
千里歡騰一門德重恭惟某官聯根太華分種渥洼掄

魁振天下之英儒門高表政柄謀聖王之體理道自明矧從膴仕之初洎此螢英之後成歙江之朝釀回嚴瀨之春風閩嶠鬱青映吏衫而一色垂虹黝緑飫鱸膾之四鰓未登抱日之雲且入籌兵之幕俄護省曹之籥更提侯邸之郵彌縫張釋之之卿一毫不枉度越雋不疑之母六幕均蒙當宁簡知鄰邦分寄且此盱江之境更為麻谷之源神僊振古以莫倫詞筆至今而有耀水足三蓮之異才多八采之奇然民物雖繁庶而未免機巧

趣利之心故詞訴為浩穰而大抵頑狡喜爭之俗歷觀近日竊迹令時屢煩名士之來至假高風之鎮惟譽處雅隆於羣聽必設施足厭於衆情使人心不至於忍欺蓋君子所貴於學道坐席未煖名驛已来某一得何幾千能莫勉枯根誰數陋禀可知莫逢鄒律之吹每竊齊竽之濫牽絲邑屬不勝蠹書之多魚讞獄掾曹幾成刻木之不對再冒問因之寄每驚全璧之難幸大賢君子之来臨庶森戟凝香之切庇瞻望徽悃萬倍尋倫

通吉守史彌忠啓

斂板趨庭行遂識韓荆州之願負丞哦竹豈能擅崔斯立之長第欣懽之交馳正芘休之幸切敬修牋記少露肺肝緊惟設官分職之方蓋是近民施仁之易有如邑貳誰極官修蓋明府實賴其贊裨且茂宰每須其佽助惟子產善相於小國惟景倩僅號於真清如某者瘠土枯荄寒門陋緒屢玷英游之末莫逃墨飲之羞欲了簿書未免看朱而成碧將平獄訟依然畫地以為牢顧轍

線曾何寸長而駑馬不忘十駕玆濫叨於一職敢自後於千能自非仰藉於洪庥何以獲全於小己恭惟某官人門兩勝姿習雙長如贊皇之蟬聯更是八行之駿若申公之龍禪蚤收拾芥之青旁薄歷年踐揚積閲是能出類卓有異才鄂渚奠安綵棒光生於朝日柯山教養通儒和扇於春風不畀管庫之官爭上鷄書之刺一同撫字蹊成河縣之花半刺輝光賦就鬱江之月更畫戟清香之曉合迄芳塘蔓草之春生課最鼎来竹符洊出

維白粲連檣之魚貫所係不輕維介江比屋之犀渠其綱必正當仁是寄迅召即承且千里素服其英風而庶俗尤諳於厚德第茲斂惠行此促歸且某大父朝請之曩年嘗在王國履簪之列而先世符麾之昔日又聯金昆羈靮之游茲焉仰望於層霄庶幾少寬於六轡矧丞之於令雖云位偪而勢親而邑之有丞豈可觀旁而手袖三思宛轉一得幾希擅裨佐之實而無侵奪之嫌乃贊助之善而繄忱恂之願尚惟歷照俾遂展為

代許守到任謝韓平原啓

入造化之鑪乃叨分於屏翰就侯伯之國幸已見於吏民念由求科目雖非所長然龔黄誦習豈敢不勉顧少寛於轡策俾畢效於菲葑恭惟某官還伊周於保傅之餘續髙孝以慶元之盛仰治平定策之懿益大祖勲畢管仲得君之專僅成霸業年既周於光甲人愈樂於逢辰太常烝鼎不足殫其功緑野平泉莫許遂其志蓋萬彙根荄之膏澤凢羣才器用之鈞陶悉自專裁曾無遺

外迺至齊竽之濫亦蒙鄒律之吹某骫骳書生夤緣儒第仰看星辰之太素敢賦舊官之詩久叨香火之斗升薄伸負米之志曾謂阮青之俯及深憐萊綵以曲存畀紫泥一札之言冒朱轂兩輪之貴驅車入境問俗觀風維是蕭州介於鉅屏下洪江而泝吉贑地最狹於列城篚織具而貢羽毛賦乃多於諸國矧頻年旱澇之更豈綿力承宣之易致威拊剛柔之辨酌富貧取予之中恢堯天蕩蕩之仁極於僻陋秉周禮彬彬之義淑彼俊英

竭半生繼燭之功無一髮底囊之智全家飽暖愧元之
諸縣之豐寒士俱懽惟子美萬間之誦徽誠依望倍萬
等倫

通臨江軍王守啓

榮瞻芝宇嘗趨幕府之前冒綰李曹幸出旌麾之下奉
承伊始喜懼實并敢修干牘之恭仰冀司籤之聽恭惟
某官長才振世輿學絶人靈芝之卓冠於衆芳蔚作明時
之瑞游刃何難於錯節争誇妙手之能蚤拾芥於巍科

亦彈冠而膴仕藹藹踐揚之久駸駸譽處之多欲上夷
庚更資累試一同雷社足慈祥豈弟之心百縣臺綱盡
本末源流之理英聲益播華署合登嘗爭飛一鶚之章
乃屈命專城之駕政平訟理綽分清宇之憂吏畏民安
疊上諸侯之最佇聽絲綸之命入通鵷鷺之行某生則
甚愚人何足數僥踰世禄名遂玷於天官漫浪邑僚職
有慙於民版丐斗升而自活無尺寸之可譏孱弗自量
思之則悖顧木索鞭笞之下有死生出入之殊不明則

未易以得情不密則或虞於外泄左諮千繫惡其泛飲
食藥餌欲其時苟毫釐頃刻之不親則疎漏繆尤之必
至斯為甚重昧也何知所冀禮義之化素行暴戾之心
不作允洽太平之治囹圄至於空虛重覯比屋之封文
書為之稀闊使么麽亦從而幸免在高明益表於寬容
頌詠徽誠倍萬倫等

通吉州鄭守啓

恭審光膺帝綍榮鎮江城貫索星稀昔屢應中天之象

凝香寢闕今更名春草之聯雙旌五馬再臨民露冕吹鐃行奏最恭惟某官長才八采駿譽千英渥洼池中豈尋常況是七穆之緒夷庚道上已超絶更熟後鄭之書剏兹彯纓以来多此詳讞之任刑辟雖非唐堯所急若濫淫其可嗟才能苟真咎繇之倫自纖微之盡當故魯泮獻囚之地亦侯公無疆之思嫓此牽絲首從列掾松竹吟哦之優逸簡書科級之殊尤屢評畫地之牢更宰丹丘之縣月卿丞贊秋駕郎曹秀禾六輔之鄉薄海最聲

之起盤還雅望超軼大猷將凌法從之居再覲德下之任惟玉粲連檣之富庶惟犀渠衆有之風聲且多名勝之游正重宣承之寄長其善去其惡必資鑒裁之長倡以義率以仁更賴撫摩之最坐席未暖賜環趣歸

通萬安黄宰啓

覯當今之卓魯寂爾晝簾知在昔之王楊冠於壁水識本末原流之自如箕裘弓冶之為將其殫魄於大巫敢曰矜明於爝火恭惟某官裔從江夏氣禀閩山大秦珊

瑟之區最有木難之可玩老仙晁張之客尤稱涪翁之逸羣渥洼幾見於出圖鄧木不多於一柱當年飛舄豈容行惟以驚人此日鳴琴是乃愛人之君子行作中興之傳遂荒褒德之封某自愧不才且兼無學珠玉在側覺形穢豈免汗顏雨露所濡皆教端且觀善政敢言欲助以速懲尤初敬周章愧乏之琴玕之贈英風祈望行窺霧豹之斑幸矜恕之曲加不暗愚之深責

代賀王察院啓

恭審親結主知擢居臺紀自淳熙從諫之聖昌言無三
院之分續正觀確論之賢勁氣有百聯之肅奚須成蹟
交慶得君恭惟某官擢秀七閩蜚英六館精金百鍊合
黃鐘大呂之音拱璧無瑕表清廟明堂之器凡碩學鴻
儒之望若峩冠正色之資禮學修明炳炳留都之教樞
機周密森森汗簡之書自其一節以歷觀咸曰九卿之
俯視刻文武圖回之日乃是非纖悉之時白簡風生烏
臺日永思極謀猷之審用殫推擇之精帝制昭明人心

凱懌君子恃以不恐夷狄聞之自驚斯折衝千里之方有定國一言之妙秉持正大獻納便蕃栢老霜明凜凜中臺之季孜龍興虎嘯亭亭當宁之神交何待九遷即躋兩地某再乘一障初乏寸長政無五月之成人自雙旌之媿仰止層霄之迥徒瞻執法之明

代賀知院啓

恭審晉魁樞府仍與政機二柄兼持文武為萬邦之憲三公並列尉史亞一相之尊有識歸心含生增氣恭惟

其官閎深而開亮靖重而裕和卓然巴蜀之英何止揚
馬文章之選粹若孟韓之統深知洙泗學問之源蚤擬
巍科寖躋膴仕揚歷清華之貫羽儀英乂之聯星辰㕔
飫於步趨日月頻仍於獻納徑𨓜簡遇直上夷庚開沙
路之端既已參儀於黄閣接火城之照行將竦聽於白
麻時維復古之圖更賴折衝之佐必得詩書禮樂之彥
用恢東西南北之疆服建隆亞政之名亦稱於宰相考
元豐百僚之制獨無變於舊章周三孤㳟曰貳公漢上

卿均於開府寀重皐夔之望即端房杜之居

代賀徐侍御啓

恭審光膺綸誥晉陟臺端徧儀三院之華鸞飄鳳泊深肅百僚之署霜潔冰清綱紀增明縉紳胥慶恭惟某官黃鍾宏度清廟凝姿鵰鶚離風塵躔羣蜚而獨上騂騮開道路偕闊步以交馳曩升烏府之嚴屢叩虎闈之邃周流膏澤殫竭論思裴回古栢之陰傑持寒松之操坐閱歲月屢罄忠嘉深刻丹衷鼎新白簡君子信而後諫

况當堯舜之朝人主兼以為明何遜王魏之直茲正南
床之位益輸北面之誠且故事可稽無並居於獨坐則
所學不負自深簡於淵衷惟五大之在庭軼三登而致
治行慶精神之會即躋輔弼之崇

通判隆興衛安撫啓

共仰魁星之照耀今更躔翼軫之區式瞻斗野之撫臨
昔曾與機衡之任將趨走致恭於牧伯而光輝尚隅於
雲泥第修牋版之勤少格教條之奉寸丹盍見尺素虔

申竊以邑之有丞職貳於令欲佽助贊襄之密至而侵離奸慢之絕無每難其人益遴於選惟子產善相於小國雖立之尤歎其弗施如某者片善不需寸長蔑有簿書獄訟雖屢試以無幾閥閱才猷曾一端之足取茲冒百里弼承之任難知千能強勉之修每焉曠敗之多虞寧有菲葑之小節包荒是賴全壁幾希恭惟某官姓埒魯邦秀推吳壤長才八采身居積木之顛偉望千英貴亞百僚之表語其積習皆在名躔近民贊於越之首城

迅召正羣纎之朋字校書漢部載蕪王邸之師著紀晉官更擅侯封之掌腐左溯陳因之粟上王戎簡要之曹宰士徧居史螭卓立頌臺命貳明哉惟月之臨寶牒得人躔以特書之策洽兩制常楊之筆握二選山毛之公從容帝幙之繙經整齊春官之秩禮烏好一臺之屋鸞燮二府之居孰謂盤還更許撫字二伯一加之卷賜重湖五玉之上頭且康山南國之帥藩而江介洪都之督府許令英游之蹤跡兩擅龍光滕王高閣之登臨重覲

霞綺況此百城之方面盡歸一視之慈祥九江揚左蠡之波章貢足鬱孤之眺道院傑霜筠之竹連檣尾白粲之艘且南則嶺北則淮是為鄰接而江之流湖之匯皆在慰安人歸召伯之棠績著韋丹之石召環鼎至几舄行歸某瑞雖埒於男蒲才僅同於襪線古槐森竹第賁縻廩之懃列雁趨鳧僅了涉書之筆庶賴六條之雲覆以叨千里之官修跂望微誠敷陳罔既

代賀吏部尚書啓

恭審有庸五禮權首六官鑑衡掄天下之才權機侔於一相人物極甘泉之選職更接於三公仍綰秩宗尤為異數恭惟某官君子温其如玉大雅卓爾不羣首科壓海表之英輿學造古人之閫議論弗茍必求真是之歸才用有餘不畏難排之節頻更器使深著簡知標論思獻納之英足温厚深純之德頃冠春官之掌蔚為法從之光豈玉帛鐘鼓之云甚速中和之教非錢穀甲兵之比既臻動化之孚茲遴選於名卿益加詳於聽履惟是

列曹之别無踰二職之崇論其要則孰若於司銓語其清則必推於宗伯兹全並綰之榮實曰殊常之典矧興比賢能之歲居作成禮樂之司復升黜於三銓實始終於多士其為倚任未易比倫蓋一時大用之階實千載難逢之會

代賀張參政啓

恭審擢由機府晉貳政塗雖東西兩地之崇均號公孤之重然參決宰司之要尤為輔弼之尊佇觀簡注之專

行慶沙堤之築恭惟某官名門英彦儒學羽儀恢恢度量之容綽有大臣之體蹇蹇事功之赴孰乎當世之謀蚤掇巍科寖躋膴仕中外踐揚之久周旋譽處之多參華西府之崇嚴考績大猷之密勿肆加履効改畀事權唐蕭瑀劉洎之流亦與政堂之列漢丙吉魏相之相先由御史之除矧青陽先正之源流由黄序耳孫而派别子房卓標於三傑不居蕭曹之先九齡有用於開元未若姚宋之究盤旋英緒際會明時佇儐巖石之瞻繼勒

鼎爕之績

代賀商侍郎除總領啓

恭審光揚帝詔擢貳民曹興師日費千金正賴蕭何之傑足用不加一賦允資劉晏之才歷稽蘐籙之臣亶謂非常之渥恭惟某官儒林卓犖學海淵深鏘黄鍾大吕之洪音合登清廟秉干將莫邪之利器屢試盤根維德進則朝廷尊然銜行則天下富小紓鵬翼詳護雲儲細柳連屯合曉烟於萬竈危檣銜尾粲秋穎于千艘堂堂

七尺之風寒仡仡六師之貔虎士皆宿飽人有奮心顧成績之著明宜褒章之度越矧在恢疆之運尤須裕國之方營平謾上於屯田孔明僅行於流馬撥其淺鮮媿此經綸葢信居足食之先而義乃理財之要若計然一曲之論何其小哉雖管仲九合之功如彼卑也坐致雲煙之畫立躋袞繡之榮某冒此分符適焉乘障供靡以事齊霸敢後申侯輸材以助漢邊願同卜式庶畢繭絲之賦可明臣子之心

交代張司理啓

有懷芝宇恨未揖於清風承乏李曹喜行霑於賸馥敢因素襞聊寫丹衷恭惟某官姓著連天族高薄海詩書禮樂萃一門之衣冠梓杞楩楠蔚千章之柱石昔之小試綽有令猷茲聽棘於儀朝更歌棠於民表釋之為漢廷尉文璀蓋廑理卿究源委之綿長悉哀矜於斷折傅家千古斂惠一邦宜輕車熟路之無難自迅節追鋒之立至某索然冷緒眇爾陋聞不知自揆之方輒冒難能

之事獄市貴乎無擾所望曹參之言氣色為之益明豈
有臨淮之令

賀金正言兼侍讀啓

恭審密縣扆斷晉陟諫坡言謂忠謨謂嘉恥君弗及人
不適政不聞以道相先更橫入說之經益聖乃神之主
薦紳胥慶海宇均懽恭惟某官碩學粹資宏才偉望夙
秉致君之大志陳義甚高卓為傑識之鴻儒非禮弗履
曩擢居於言路葢浸結於主知懍然六察之綱維肅若

百僚之著定茲班顯緈俾歷要津惟建炎一詔之可尋既不與掖垣之列惟慶歷四賢之甚盛曾莫追高躅之風若魏徵之願為良臣而且保仁義之終若陸贄之不負所學而復見君臣之合皆出平時之雅志始如熟路之輕車故雖都俞吁咈之微莫匪規矩方圓之至矧廣厦細旃之邃密有徽言大義之繹尋致一人獨到之功發千載不傳之妙孰謂騰口之末或非會神之交補袞效深築沙路穩其坎蛙陋見巖蟄鷩蒐仰止慶霄徒景

雲之在望載觀除目喜感鳳之逢時惟致賀之後人尚
薰慈之加恕其為慶抃莫既敷宣

通婺倅陳國博啓

恭審顯承宸詔榮貳輔藩煌煌屏星接輝華於須女亭
亭春月分照耀於雙溪坐看桃李之成即上雲煙之表
敢持尺鯉敬候前驅恭惟某官大雅卓爾不羣君子温
其如玉七閩秀氣鍾儲盛帝之宗八采奇材游戲兩科
之彥風化洽鍾陵之野彌縫佐梅嶺之軺曾何技經肯

縻之嘗更練錢穀兵甲之細護餉密裨於劉晏運籌參輔於周瑜知己忽逢需章直上地官掌故更知源流本末之全璧水整綱盡發詩書禮樂之秘預漢室一經之博士處周家大樂之前聯少厭直廬暫棲閒館盤還英氣擁護良能惟長才尚俾以旁觀而浩氣且從而全養益以淬無前之利器庶其衍莫大之洪鐘贈王祥之刀巨寶況當於達道端西華之甫偃藩足佐於循良壎篪叶應以無差瑚璉自難於久外某當攀逸駕蓋在陪京

白下政亭折柳常思於取别赤松勝地維桑忽惜於肯来均肖翘雨露之中際庇覆雲霓之外兹更燕雀棟梁之賀遽忘鵾鵬羽翼之殊持鼓雷門陡覺小巫之自失賜環驛騎佇觀膏澤之廣霑頌詠微心鋪張罔既

通趙倅啓

承乏李曹方有非才之懼依仁星駕又欣大造之歸蓋包容覆露之庶幾迺幺麽孱庸之幸甚恭惟某官宗英表表儒學彬彬金枝玉葉之葳蕤卓為羣木之冠璧簡

科文之淹貫越在九流之先語其才則間世五百之賢
論其氣則培風九萬之快合在巖廊而增重豈應州縣
之尚淹矧龍盤虎踞之城共肅峨松之操而珥筆懷塼
之俗變為植李之區雖小試之優游亦英聲之洋溢垂
上青雲之表却分明月之輝彌縫剖竹之布宣密勿烹
鮮之左右別車班歲三看綵勝之飛貳駕劭農兩見香
粳之熟齊拍黃童之手佇来紫檢之書

通京倅啓

恭審陪植圭琮平分風月端章甫而相左右循良賡宣城之詩後先宮徵聲華所被悅豫無涯恭惟某官輿學粹醇偉才卓犖光輝牛斗夙推器具之良伯仲魁台夐出紳纓之茂深閎陂度典則卷儀自登膴仕之塗綽有取善之紀彈官簿正優游漢水之陽流地鐵官容與淮源之右幾點郴江之雁齊飛葉邑之鳧桃李陰成松篁節見不作青雲之步却符碧嶂之遊春風扇梅萼之僊朝日照章袁之水且畫鷁舒徐而南上正梅梢爛熳以

北開競推柳帶之金眉更剖竹林之玉版何須有蟹行
見贈刀某冒昧問因幾焉全璧兩年聽棘徒殫十駕之
心片善采葑豈有一緣之效方重負修塗之浩歎迺大
賢君子之式臨且陋土寒生莫覿昔者台符之采而窮
年厚幸獲趨此時之風慰兹半世之心起我望洋之歎

通建昌豐知府啓

慕凝香之寢將開披霧之明議畫地之牢寧復看山之
逸方喜名傑條流之奉又虞小巫神氣之殫惟大賢何

所不容庶駑力得以自竭竊以幸會之遇昔時所難顧

識荆州際合豈關於人事請御晏子濟否又出於天時

恭惟某官八斗奇才千英令望曩空冀北軒昂德裕之

出羣今擅斗南卓犖夏侯之拾芥自其筮進共屬殊能

彈冠照莒雪之清綵棒溢京師之潤入玉壘六旄之幙

贊翠帟三輔之春雪滿牢盆腐積更充於左浙風生刀

斗遐衝坐折於重邊盡惟畫諾之資兼制貨財之權人

服崛奇之智士推邁往之才垂上層霄却分明月此時

夜氣還占斗牛之祥當日霜鋒重凛海沂之贈巧匠寧
容於袖手太阿何畏於盤根六翮垂九天之雲一洗空
萬古之馬雙旌問道千里歸仁風聲新郭令之軍意象
回麻壇之律政成蔭徙才適時須佇最課之上聞即迅
駢之促入某枯根氷冷俗態塵昏問西江一障之囚曽
平反之可數賡南國五官之季常曠敗之是虞踊躍豹
窺勤拳龜卜矧綠水湛然而無滓乃紅蓮寂爾以不聞
尚惟大廈之萬間幾見至愚之一得顧曲謹小廉之外

期百能十駕之堅依詠微誠敷陳罔既

墓誌銘

曹夫人何氏墓誌銘

我中興聖天子主鬯既闕爰泝璿源為天下得人而嗣

天子作焉德壽重華道光堯舜而盡仁孝皆宇宙以来

所未見哀榮始終所以從先帝於禰廟者至以孝冠稱

天德而天子不以為過於是閔似續之成圯開異姓之

曠塗蓋仁澤之浹遠及海隅是宜聞者翕然格心不見

背負之事然猶有受人付託中棄不顧是則可怨也已而夫人以閨閤之容乃能安受天命無纖毫恨悔意有操義自修所不能至者是則可銘也已劉漢椒塗少日其家使卜相睎焉以為貴而少子若養他子得力當踰於所生章帝懇懇誠篤卒如前占夫人乃獨不得於其所子邪沙陀異貊耳多子他出咸致死力戰勝攻取何夫人不逢之甚也世人禍福利害有不如初心則必起怨嗟之意而夫人幾微不見於顏色苟復不暴白其不

隕穫之感俾著於来世其亦負潛德於九京也夫人之終所子蓋嘗匍匐號慕於夫人之柩踴哭盡哀雖旋踵復去然使前日之鞠育少缺何能得此於既死之餘而卒無以掩其悲傷之自發也耶夫人蓋徽州別駕何公之長女生而慈順其初適曹氏舅姑在堂甘旨日至及其終也又哀以送之雖在曹公子道之盛而夫人賛助亦多矣孕育多女然而家道日進終遂子剏之居室而曹公亦亡矣慈祥惻怛人期夫人之越希年而天嗇其

報僅及七十有九不知福善之理真可恃也邪夫人昔
者念似續之未立向心釋典人見誦讀琅琅成章舉族
欽歎謂殆過於男子夫人豈少褻於德事者特其甘分
素患難之心久矣決然故所成就若是其光明碩大也
夫人之終去曹公即世凡二十餘年生理如昔皆夫人
維持之力曹公之兄之婦戚氏耆艾寒乏多夫人左右
以濟之迄以壽終無纖毫厭靳意其御下也不尚鞭扑
而人自力男三人智孫庚孫皆夭喪次則如愚如愚曹

公之猶子援以主伏臘女四長適文林郎趙某次適進士郭某先夫人卒次適進士何某次適進士陳某卜以年月日合祔於曹公石龜之藏銘曰彼之弱冠決科孰營兮絶甘設醴致其雋英兮彼之幾壯念嘗烝兮胥之女弟俾用其情兮又不止乎桑下之三宿何適心之反不誠兮天乎命耶盍即之杳冥兮

行狀

府判何公行狀

公諱松字伯固世居婺之金華曾大父邈大父端禮父濆贈朝散大夫母吳氏封太宜人公生於建炎之戊申歲星方周大夫君蚤世公哀毁如成人仰敬俯愛無闕太宜人盛年守節義風凛凛得公愈自慰大夫君負大材名於時績文賁志公力學紹先業且訓二弟不倦一門自為師友後俱游太學後相繼儒科益滿太宜人望太宜人登稀年晚節及三釜閨門肅雍兄弟怡怡三百指無間言皆公順承拊字力公性莊重寡語言接親朋

未嘗有忤色至於商摧古今極談世務纚纚可聽以是人益敬公事親居家處鄉黨類若此及其居官則亦溫乎春風列若秋霜人自慕之亦不可犯凡公所事二千石皆一時聞人括蒼則叅政范公工部樓公尚書胡公宣城則郎中傅公侍郎曾公閩則丞相趙公昇則侍郎章公咸恨識公晚故公之起初秩脫侍郎選至通籍外郎鶚表屢上皆未嘗扳貴援一出於諸公特達之知初仕括蒼少師何公少推可公之歸出詩以餞公有官畀

自立古今難之語其見許如此初至宣城魏王出鎮閫役有以獄屬公者公毅然不受其不撓如此劇盜儲小八稔惡盈貫侍郎曾公委治其獄賊徒憚公明慮不免以匿名書累公曾公笑曰是欲間我其見信如此長樂有嚴瀕湖沾灌甚廣淤久不治公畀新之增斗門明要東刊石垂久今察院林公賦詩以贊至公弟椿丞侯官復攝長樂民安之咸曰是魯衛之政其見思如此公贊江左幕侍郎韋公名公所居曰夷清親書八分以贈及

貳新安寺簿徐公傾蓋如素識太守它徙公攝郡事孜孜公決人不敢干以私惜官物毫髮不妄用累數月府庫充盈太守耿公至則喜甚例有合得者公悉却之耿公愈加敬重鄉人王魯公秉鈞軸且姻婭每見辱推借或語公曰盍求助焉公笑不答在長樂同僚鶡冠知書善屬文公與之厚後攀附陰信用炙手可熱數問君動靜公掉頭曰是可浼我耶卒不通問公恬於進未嘗一毫嚬首於人以是不至通顯殆亦隱於吏者以廉自將

一介不妄取歸自長樂貧無卜築資借僧舍以居訪劉峻故迹登山臨流裴徊自樂不夷不惠蓋可否之間公以丙戌龍飛擢進士第迪功郎處州麗水縣主簿升從政郎寧國府録事參軍改宣教郎知台州仙居縣丁太宜人憂服除知福州長樂縣轉奉議郎主管河南東路安撫司機宜文字轉承議郎朝奉郎以登極恩轉朝散郎賜銀緋通判徽州紹熙壬子九月九日卒於官享年六十有五娶曹氏先卒以慶元戊午十有一月日合葬

於縣之白砂鄉麻車塢男一人伯賁迪功郎新撫州臨川縣主簿女六人長適進士曹端臣次適進士錢直浩次歸于士恥次適進士陳莊次適文林郎周珵次在室孫男二人堅基某曾大父與大夫君同娶吳某母氏則公之女弟故某不肖每獲修二舅之敬知公爲詳誦公之萬一以丏銘於當世君子

祭文

代人祭趙開府文

維公間平之望為善最樂然犀燭物中外聳愕咸謂期頤二伯四岳大數有定忽成反覆嗚呼哀哉沂公之源銀漢碧落積善不替百年永莫孕此英粹六矢既躍東甌之北芝田九鶴維川建瓴白石鑿鑿維山巍峩包蘊既確卿雲五色和氣含豪方如書生種文績學臚第太常聲儗簫勺撫仕上國青芻管籥臺綱鍾山餌討是度星屏煜煜爛燭江角千里五馬民功阜犖護庚平糴陽春有脚連檣白粲六條寬博雙劍豐城龍氣上薄人謂

物華淬爾霜鍔豈知靈傑賜履綽綽一門六輔冠令侯爵繁庶浩穰韡轂豐洛公惟高卧最聲四爍末乃移鎮漢秩優渥下安其仁如百酺醵小疾無幾薤露頓作嗚呼哀哉伯彗晚出一見如昨國士之知需章薦鶚俾佐振民俾參入幕言無不從深許蹇諤俾學製錦爰歷甸朔萬閭宏霞加以揚榷今兩思之如夢俄覺恨此微官一官自縛莫能親慟聊薦淳酌嗚呼哀哉

代人祭戴夫人文

人莫難於耆壽尤莫難於遺後嗟嗟夫人二者具有尚
想含飴知德之厚既有以死矣是能不朽儒冠峩峩諸
孫之友合簪升堂拜此清酎

欽定四庫全書

靈巖集卷八　　　　宋　唐士恥　撰

賦　詩

遇仙賦代壽樓教

環堵書生承世禪之雕龍仰天孫而生息緗冊閑暇筆研餘隙當新秋之總至颯涼飈於蘋白望皓月之弦弛邈巧樓而已隔遊於雙溪之上星斗爛兮斯夕晨露浥乎庭蘭恍髙真兮若疇昔廼軒蓋之繽紛亦劍佩之絡

繹匯海若之冠冕則山君之杖錫僕敢進拜無能為役中有一人顏宇昂激笑謂僕曰予幸獲玷三洞之籍茲致賀也蓋亦其職子知郡博士天所睠乎事實關乎堯歷羌弱冠之有聲生賢書之羽翼殆庶乎積木之踐跨禹浪以平陟攀龍頭以巍峩傲九華之尤物乘掾曹之逸興夸妙手之霹靂屑米鹽之靡密信襟宇之不迫鶚表一上宸注的的天欲大其所養姑欲私乎須女之直禮樂詩書四達而不悖又何偰暖乎孔席比其既往之

事未絲毫乎千億邈前途之宏遠非蠡海之可測葢將佐皇上之明聖掩六合而電耆還斯俗兮淳古煥文治兮虹霓畢以不負於所學登咎夔而咸契稷語未終客有越衆人而出言嗟此意之未賾謂予徒知其淺末眛根源之歷歷彼望洋而置歎奚止一二於千百信溟渤之巨浸葢萬象之包括蠙珠粲其如月珊瑚森乎林植與六鼇兮均為纖芥況鵾鵬之水擊曾未能語其梗槩必旁礴而襞積歲星凜乎其初度亦既九光之照室天

欲厚乎皇家萃囿氣而一域何止乎叔度萬頃之汪汪又何止乎雲夢八九之碧自萊公中元之生又堯蓂之小闕申鍾岳而蕭儲昴豈如公之赫赫君兮天同臣兮地比信么麽之辟易僕亦啞然而笑斥鷃之自適雖地脈之畧通誕彌之三日其亦幸會之彷彿仰郁紛於絢爲

張司法寓齋

玄録五千言妙在不敢先留侯獨得之帝師赤松仙孰

知百世下乃有雲孫馬扁齋以為寓空谷音跫然

送臨江交代張司理

子房帝王師溢慶流裔孫趨來之蕭灘快覩芝眉温亭亭起黄氣中有陰德存宜哉孔融表輻輳排天閣通籍何足道履聲還青氈嗟我一何幸夤緣踵符文自顧菲且愚續貂誠所難承顔一甲子夙昔披晤言柳濃煙寘寘鷁舟江吐吞順流急如箭催鼓且勿喧為語徒作惡且盡沙頭尊

古意

天公與世人幽明分懸隔無口難得言欲言但以臆以臆或未諭寄之夜簷滴懇欵語世人世人還不識

寄題蠲流亭

烏傷仇覽僊一弓扁蠲流清流從誰蠲濁流石之幽石之幽定可齒齒翻成戛君看得失珠罔象無全牛

時賢明鑒裁

時賢明鑒裁鑒裁信奇歟識此希世寶謂其曾區區未

冠已溢聲賢書上宸庭不一而止足竟壓四海英直入
九華招隱遁化工尤物殊不吝文章光焰勝燬犀遠至
牛渚燭無盡歸来紀事滿縑帛却屑米鹽繁密訊天公
終不屈大器稱表直上幾晝晉倚伏之機真叵測庖丁
全牛有餘刃先生道大何所容顏淵今用退為進一以
涵養使莫折一以淑我邦之俊然而鑒裁還合明孔席
未暖五鶵弃此時廟謨正陶鬱驅屏羣盜須昇平驅屏群
盜須昇平要當迅名文武卿時来時来烏可禦譬如南

海雲鵬程他年功業就縑冊傳永久劣哉魏無知僅此遮拙醜皇家褒舉者曠典華衮右

庭下青書帶

庭下青書帶書帶瑞康成康成還遁世行藏理則明六經具縑冊儒先効勲績誰知百世下其功明且亟易首純乾稱六龍六龍御天風雲從書始唐堯大中世蕩蕩如天莫可蹤詩則二南淵且奥春秋賞罰王道通禮樂厄於秦火酷然其遺意和且雍漢儒掇拾無遺力兀守

章句非從容二京之末康成出六經將出逢此翁然而本無超俗姿猶寄視聽於盲聾豈如先生一理貫洞照六籍羅心胷歷數帝王如一二天地由我方全功仲尼春秋欲成日麟出魯郊殊超軼孔道大哉雖不用所感亦大非凡質區區一康成書帶瑞已形先生非此比況兹道既行當使麟鳳輩雜沓更縱横

六月望日月堂老禪示僕衆偈隨喜愧甚

江月主人清氷壺以月名堂月不如門前舡泊五湖客

兩眼歷照心與俱我来追凉暑云徂牛腰大軸開我愚
萬口一辭贊歎月還贊堂中老苾芻歸塗昏鴉夜氣作
東方擁出玉蟾車月堂著語何可已金屑落眼成嗟吁

緑槐陰

槐陰似尼父軼軌追前蹤絶塵非學步所産叟無雙今
此干越東鍾孕亦鴻龎竭来平越西掌教開羣迷羣迷
于今正有頼肯使玉佩從他之昔人種槐根細細坐閲
日月蟬已棲歷聘轍環嗟不遇豈若今日廊廟歸要俾

六經日益明倍還唐虞熙又熙槐陰雖異道則一彼不
見用吾登躋宇宙雖云宏且邈理焉所在成均齊槐陰
槐陰異今昔一則不用一明陟道在六經道固存道出
六經道還得洪哉尼父懐此道今日誰知歸探討探討
既力道不殊三都遂隮𥠖陳常討天驕立可傾神州立可
清一祖八宗地教化登升平先生爲黄髮自可七六經

兩溪

矧今兩溪間溪間足風物水清石泚泚林横山兀兀春

日鳴倉鶊夏夜風月清秋畝金潁秀冬洲暮雪平比為
二皇所旁薄赤松屹立羊縱橫叱石而興真戲耳可羡
人家好弟兄西則三洞足仙靈奇哉石穴聲鏗鏗瀑泉
噴寫資照耀儼如冰蠶之所成夕陽斜帶九華度何媿
芙蓉峥且嶸鼎湖遥望在其東翠氣鬱鬱初日爭或資
登覽逸杖屨或供睇望煩留情山川如此足所産所産
足以冠羣英聖朝常重育才地遴選鴻儒為博士儻膺
是選真出羣禮樂詩書四不悖有如孔門来不拒迪以

至理滋無外將見吳邦如魯國魯多君子非虛僞我公未期年弦歌滋民編論其淑吾邦不為淹巨賢旦夕會
詔至四大豈在邊

詠史

明皇固英主開元天下昌如何林甫輩得産無盡殃國色真國色多惑四海慝華清宮裏人如玉解嗔胡鶵起東北以此策明妃遠嫁猶為遲寃哉毛延壽盡忠人不知

題彭紹墨

彭紹之墨元又元問誰得法託之仙凌煙膠漆有三昧
魯直之什曹洞禪我欲大振獅子吼直恐驚飛龍象筵
紛紛是事但且置一言為語千金廉唐人五字魂達天
箕斂四大歸新篇空餘句法落寰海豆萁不覺相熬煎
中原可復墨可黥鬢絲白髮知何年

代人上謝丞相生朝

聞說中原生上相萊公勳業無以尚陰為月兮月為臣

清光欲滿銀蕩蕩銀光蕩蕩翻未竒未若新弦初上時
堯蓂鼎来方十枝韜藏萬斛氷雪輝萊公比公應少歉
初度差公四日期

鳳山逸士周遇仙謡

信雲步謁洞霄宫飯罷從游西復東脣笛嘯時吹白日
詩腸開處嚼清風兀兀騰騰心了足灣灣屈屈水敧曲
玲瓏緑影萬株松瀟灑清空二畝竹天風吹泉飛雪花
溪石漱玉磨銀牙白雲破碎漏天碧青靄牽連遮日華

玉溜幾聲鳴緑薺金藤千尺走青蛇羊腸蟠路上天去
鹿角枯槎連日墜一雙素足已昇騰萬頃紅霞留不住
劈破青空見太清飛連寶殿非凡成水晶樓閣奏金韻
翡翠簾櫳振佩聲白雪翩翻霜鶴舞綵雲縹緲花鸞鳴
中有真人鼎玉立晴光閃電瓊波溢笑整霓裳曳絳霞
紅雲影裏輕相挹琳琅清徹語希夷嚼玉吐瓊聲不移
素手劈開碧玉匣青空飛出丹虹蜺蟠搖活走遶天關
衝透太虛光皎潔須臾直上紫霄中寶篆飛騰羅日月

影搖六合金色光丹鳳對躍蒼龍驤回頭指點輕空裏
玉籙丹臺已籍紀低頭招手令向前漏泄天機斂不已
等閑贈我赭丹砂行滿功成歸我家天上逍遥多快樂
人間紛擾無垠涯丹砂接得便吞了回首雲軿俱杳杳
樓閣烟霞景萬般一時不見青天曉世人世人知不知
既知何必生遲疑早求一闢大羅月千古萬古生光輝
人生在世空汩没自從形骸朽膚骨為求名利不閑心名
利既来心恍惚何不煉内丹絶外物笑著雲衣傲朱紱

靈丹養就出神爐慧劍飛騰超月窟且無俗事更關心
一段光明耀古今聲迹超騰青嶂外影形飛入白雲深
脚跟不點紅塵起指甲時挑碧玉琴莫道神仙無實語
世間幾箇是知音

送許寺丞五十韻

漢家循吏傳表表是龔黄奏最承恩寵商才躡廟堂身
隨名不朽功與賞相當汗簡時逾久攀轅事莫詳何如
身際幸合有頌揄揚維古蕭州上騰精斗度旁國初新

畫壤餉目舊如岡昨歲乾仍潦頻年儉且霜幾成炊易
子那恃黍登場饑饉連千屋焦勞自一王深仁推惻隱
遴選及慈祥捐廩雖蒙澤安貧亦振綱腸空朝息怒骨
立暮生光盡反三農業交騰五袴章誠通俄頃刻雩應
不尋常原表猶多穫人間亟小康何門無囷積有土盡
金穰薄試為霖手聊施活國方一豐能造次再稔更芬
芳將見紅囷粟全登白粲檣飭儒殫富教考課冠循良
出入操修並淵源學問長躬修香寢旨驪奉綵衣觴坐

嘯庭多暇行軒樂未央孝心常翼翼和氣兩洋洋帝宸
疇三俊民庸格九閽爰班少府節屬護左江鄉風力先
軺駟光華襲鏤錫銜餘資煮摘陳腐足倉箱使指星遲
御仙山劍削鋋清詩真度越勝地不淒涼更上然犀渚
還尋怨鶴坊練江殊泚泚蠡匯特汪汪賜履馳駒隙飛
環振鷺行唐虞優廣厦皐稷佐垂裳北漢棲裘罽西崑
貢栗肪謀圖心既遠經濟術方彰此去真期運于思謾
感藏遙知均燕雀何況在門牆并合時難再趨承德叵

量永言追雅頌博採逮康莊筆墨嗟孱弱辭華乏激昂勤拳頻寘念展轉屢回腸樂古聯羲禊遺恩比召棠祇疑靈雨至復作應龍驤漲浪連芳草輕煙護緑楊遷鶯偏睍睆歸鴈遠翱翔物色隨時轉風光觸處忙詔條春婉娩祖帳酒琳琅閣皂非塵境低眉似送將

代趙守上韓平原生辰五十韻

天佑升平主時生不世賢源流多柱石勳業滿雲煙昔者謀深幄今茲壓細旃三登裨聖化八表仰英躔初度

光輝發重侯鼎鼐傳台符明炳炳壽秩啟綿綿良月初
紘上珍蓂八葉鮮門弧喬木茂牀笏慶枝連芝玉更麟
鳳干戈雜豆籩食牛增氣槊卜弁借騰騫會遇真神叱
亨通正吉先龍翔雲五色璧合歷千年密借留侯策端
同仲父權鉞旄交粲爛師揆却蟬聯輂轂珠庭暇圭茅
錫祉堅圖回無間隟運用獨周旋生息寧屯澤才獻入
大甄十年如一日廣照及重淵物在由儀詠人懷頌德
篇汗編深以刻銀筆大如椽慶歷并元祐商高若漢宣

開禧仍酌古堯舜欲無前幾許彌縫力初無緩急弦有
年偏緫緫束帛倍戔戔合副蒼生望高居赤舄筵白麻
榮盛世黄閣度羣仙禮絶千官上心馳四裔邊偉謀殊
磊落漢磧定聯翩又是韓扶趙幾何薊且燕三宗時晦
永九帝版圖全憶昨嬰薰臼應關地與天蚤開明聖祚
竟脱虎蛟涎獻子存孤意遷書振代銓雲礽知有繼似
續更增妍每自殫葵向那能憚手胼治平多節操嘉祐
浹淵泉人力端惟及神謀信比專渥注駒抹電太華藕

如舡盤薄應鍾岳芬芳了合荃氊青渾白壁題黒未華
顛梅蘂南枝綻鴻飛北塞穿澄空添浩蕩昱曜政嬋娟
竹傲氷梢瘦松堅寳蓋圓恭祈齡算遠敢借物情延僕
也叨乘障心焉願執鞭掃門情莫効賀客履難軿吉亥
真盈數佳辰洽九乾明良那偶爾時節共懽然宣勸分
榮露恩涯吸巨川千秋金鑑録不日却拳拳

代人次韻曹郎中雷字二首

軿羅瑟玉盡珍材須女輝躔色為開并合鄭鄉如旦月

鏗宏唐律過春雷共驚高義摩雲表定上夷庚握斗魁

鵬鷃逍遥俱有適亨衢端是亞天回

計偕方此媿非材先達仍勞綺席開已喜樞衣披宻霧

還將雅什助驚雷定須勁翮摩雲舞各是清班重哲魁

任昉龍門如細許直須早早借春回

效進退律賦水鄉三賓

根荄七竅倍玲瓏產爾亭亭曲渚風勇退霞衣香故在

駢生玉子味仍鍾人言太華標奇種藕大如船想碧蓬

何待非常誇世俗秪令盤露已能穠
氷雪肎懷七澤姿纖纖舞袖學雙飛袢襟應念人間世
灌頂何如山上芝荷葉巧偷鸚鵡背蕚絲密綴燕雛衣
回塘相伴薰風裏争看臙脂黛緑施
明珠久合蚌中生何事鴻頭亦炳靈襟護重重殊襲復
星分顆顆倍晶明一車竒誇嗟成誤十斛平量換合成
珍重櫻桃樊素口致渠磊落更歌聲
丙寅孟夏聞捷和陳寀

朝家遵養自三宗一旦吾皇定一戎近事長庚偏入月
清詩太白又先功天聲地界光今古帝邑王京共會同
延喜樓前新冠帶應多黃髮頌歸忠

癸酉盱江鹿鳴宴和羅守

倫魁玉季樂羣英更有新醅屬步兵飫勉茂才爭賈勇
盡從擊楫不留行共酬露冕吹鐃意好近鐔書淡墨榮
北海清樽今勸駕夢回池草倍知名

送傑老住僊遊并序

嘉定紀號之初朝廷清明凡百云為皆與天下更始太守趙侯以循良選須女之度星宿明徹凡臨蒞之政一以公梵宇古廟以闕上者命僧宿公慶一日合郡僚考于天傑師者及焉以僊遊命於戲天亦可乎傑師耶使公道從此大開則領十數萬指食師分内事而何僊遊足云雖然西風杖屨意行無期黃華紅葉幽尋自得方相與共此樂而天又東湯

休之轍舍虎溪之笑增宋玉之悲僕歎然矣

以今日選佛場心空及第歸十絶以序此懷

肉譜知何從塗高流亦深漢相似堯相奕蘭端至今至生恰半生一萬八千日頭白無所成唯堪伴幽逸差入栴檀林自古只公選迺知天定時丹成骨自換僊遊知幾年晨香梵古佛人移境亦移高風日披拂一瓶還一鉢作戲且逢場會看走鶴書横實今道傍白雲每亭亭其出亦何心賢俟考之天無謂由跡涔

飛錫破曉色紅葉弄吴楓聞名且見面清明谿長空
方期秋氣高遍閱山水窟青鞋此蜚動幽意那可及
端坐閲四時爛然各有第新篇敵島可郵筒當數寄
中庭可明月況此方揚輝霏譚隔千里使我幾忘歸

上余倅生辰唐律十章

暫握侯章乘五馬馬頭秋色轉分明麻源起應精純禱
一雨增添玉宇清
此事人惟歸厚德那知天意箇中明君看暑掃妖狐窟

喚得傾盆雨自生
雨餘非霧縈瓊笋正是長庚初度時千里歡聲和氣滿
祝公椿算壽齊箕
諶盱二母畢從姑各獻蟠桃曳紫裾共把我公游詠處
從頭善頌滿堦除
牢盤白雪是丹媒解活民生富國財巨浸無邊歸掌握
共知陰德鼎方来
慧山山下有名泉少煮鎗旗兩腋便不是圜扉足公暇

誰能祛睡一盃煎
瀕淮土厚樂何窮近接升平昔日風更得于公来郡掾
自然囹圄致頻空
大漢鍾官周府圜賓僚入幕地行仙人心天意俱從我
何慮不如劉晏錢
閩嶺西来只一山歡聲百里想當年今逢行客應須説
好在甘棠影正圓
亭亭綵棒足流傳太末官勲壓此年感德銜恩知有自

定應亦致爛柯僊

笋乾詩

此君風味殊不薄莫笑當年煑簀人坐使普寧增譜字
遂知端是壓前新

毛文子遺贈萼緑華

飛僊姑射不通塵更倚晴空瑟瑟雲從此櫻唇倍尋俗
唯須幺鳳粲成羣

贈浩然觀胡道士

只為丹霄足羽翰且將奇法驗人寰從他血肉并烟火
自有僊家九轉丹

比目

夷吾深旨人須識觧使封山意不行當日魚鹽如靡密
已無林放小關情

失題

老僊絶鮮尋常外一笑閑川緑茘枝坐斷世間滋味徹
阿誰翻欲語凡飴

謄錄監生臣黃本諧
謄錄監生臣汪養源

圖書在版編目（CIP）數據

靈岩集 / (宋) 唐士耻撰. — 北京：中國書店，2018.8

ISBN 978-7-5149-2104-5

Ⅰ. ①靈… Ⅱ. ①唐… Ⅲ. ①中國文學－古典文學－作品綜合集－宋代 Ⅳ. ①I214.42

中國版本圖書館CIP數據核字(2018)第084839號

四庫全書·別集類

靈岩集

作者 宋·唐士耻 撰

出版發行 中國書店

地址 北京市西城區琉璃廠東街一一五號

郵編 一〇〇〇五〇

印刷 山東潤聲印務有限公司

開本 730毫米×1130毫米 1/16

印張 24

版次 二〇一八年八月第一版第一次印刷

書號 ISBN 978-7-5149-2104-5

定價 八六 元